給香港

MOSTRA INTERNAZIONALE
D'ARTE CINEMATOGRAFICA
LA BIENNALE DI VENEZIA 2019
Best Screenplay

本片榮膺第 76 屆威尼斯電影節最佳劇本金獅獎

繼園臺七號　再繪逝水年華　楊凡

那是間座落在香港半山的洋樓。三四層高，沒有電梯，勝在戶數少而清靜，說是真正盛放，則肯定在五十年代尾巴的香港。

9 29
香港大学　　閔建安

我對電影《生死戀》的感情實在太過深厚，簡直不知應該從何從說起。

二三十年前，當 TVB 明珠台還有最後節目「子夜電影」的時候，有晚打開電視機，正好碰上《生死戀》。這部五十年代在香港實地拍攝的荷李活電影，對我這個標準影迷來說，絕不陌生。在以往「早場」和「公餘場」的日子裏，早把這部影片背得滾瓜爛熟，但是當螢幕上看到寫着「The British Crown Colony of Hong Kong」，重疊在一個罕有的空中鳥瞰香港長鏡頭，極其吸引。心想，只要看完這個鏡頭就馬上去睡覺，這時已是凌晨一時三十分。那是個在飛機上拍攝的維多利亞港全景，寬闊的海港點綴着零星的帆船與渡輪。飛機徐徐低飛，五十年代的香港十足的記錄在這個罕有的鏡頭下。然後見到當年的西環與上環，接下的就是皇后大道的街景，下個場景就是瑪麗醫院……十足的懷舊，令人欷歔卻又至愛。不用解釋，這個鏡頭看完之後，我當然沒有熄機就寢，一直把整套影片看完，直到英女皇的肖像隨着大不列顛國歌出現。其實我蠻懷念在台灣電影院上片前、香港電視台收工後，播放各自「國歌」的那段日子。

十數年前 DVD 流行的日子，忽然發現《生死戀》出了一個修復版，色彩鮮艷得就好像新的一樣，興奮之餘馬上買了回家。那天晚上正好約了朋友家中聚餐，於是飯後就把 DVD 放給大家觀賞。再配上我囉嗦的懷舊旁白，可以肯定，那些時尚的朋友們一定不勝其煩卻又說不出口，投訴我把自己的快樂建築在他們的痛苦身上。於是這部影片就成了我的

home video。不知誰說過，家居宴客最忌播放 home video ！

我真有說不盡的原因去迷戀《生死戀》。舊時代樸實中的繁華，繁華中的真誠，實實在在絕不炫耀，我心目中的香港盛世，全都記錄在這部電影中。

那是女主人翁韓素音五十年代的香港：中環石板街附近的茶樓，薄扶林瑪麗醫院的病房和醫務人員宿舍，山頂大班的豪門夜宴，香港仔水上人家的月夜，簡陋的啟德機場背後還看見清晰的獅子山，還有深水灣清澈可以見底的海灘，聽來像是旅遊記錄，實則完全融合在生活中的浪漫。那是一個逝去的美好世界，幸好有這一部嚴謹的荷李活製作，清晰的用伊士曼彩色闊銀幕把它記錄了下來。這是當年國語粵語片在技術方面達不到的一個水平。當然，作為一個《生死戀》的超級影迷，也會分得出某些景色是荷李活片場所為，譬如說韓素音家族在四川的大門第，深水灣的海旁小築，澳門的中央酒店內景，甚至於男女主角在深水灣海灘的中景部分。

整部影片充滿了異國情調與色彩，女主角珍妮花鍾斯穿的每一件旗袍，都是那樣的上海師傅手工，但是穿在她身上，卻有着不同於東方女性的肢體語言，考古學家可能會批評她的裝扮不夠地道，但是那種學不來的異國風情，就好像看坂東玉三郎的《牡丹亭》，令人癡迷。記得影片的結尾，女主角在深水灣別墅中苦練書法，男主角威廉荷頓則在韓戰軍營寫信給女主角盡訴心中情，忽然一個炸彈飛來擊中男主角的打字機，同時間，女主角的養女也不小心打翻了珍妮花鍾斯的墨硯。血紅色的硃砂墨水濺了滿地。考古學家會說，哪有中國書法是用紅色來寫？我則自圓其說，其實女主角只是用毛筆以硃砂畫個平安符罷了。其實一切都是為了戲劇的張力，何必斤斤計較。

自君別後，想念的日子都還未開始，韓素音就收到男主角那封感人肺

腑的情箋。那段冗長的書信獨白，配上女主角孤獨的走上莫干生大宅的山坡，背景是美得不能再美的山城海景。即使僅是想到這個片段也會淚垂。那莫干生大宅的原址，如今已變成干德道的聯邦花園大廈，我在《花樂月眠》紀念張國榮的一文中，也曾提到這個莫干生大宅唯一留存的涼亭。珍妮花鍾斯再繼續上山，如幻如真重逢威廉荷頓，那大陸性質的山川肯定不是太平山而是美國加利福尼亞州某處，但是誰會介意？看得出我對《生死戀》迷戀的不可自拔？七十年代，最常去的海灘就是深水灣，在那裏有一棟別墅，據說是威廉荷頓拍完《生死戀》之後買的，《楊凡時間》提及，說是男主角威廉荷頓對香港的情意結。八十年代這別墅拿出來拍賣，《南華早報》還特別介紹過。白頭宮女話玄宗，這都是過往的事。假若威廉與珍妮花故地重遊，恐怕只認得出山頂道曼波女郎葛蘭住宅門前的那段路。

以往從來不曾分析《生死戀》對自己創作的影響。仔細回想，居然會發現自己不斷地重複影片中的種種：總喜歡在影片中通過書信表達感情，總喜歡用動聽的主題曲及管弦樂，又喜歡找宮澤里惠松坂慶子穿上中國的衣裳，帶出一種異鄉情調的味道，更喜歡描寫舊時代的進步女性情懷，因為韓素音就是那個年代不折不扣的進步女性。

想着「進步女性」的當兒，時代也不停地在轉變。腦海中忽然閃出影片開頭的第一行字：「大不列顛皇冠下的殖民地香港。」這個名詞將是永遠的逝去，五十年代的點點滴滴早已逝去，珍妮花鍾斯及威廉荷頓亦已逝去，最後連這《生死戀》的靈魂也走了，但是留下這伊士曼七彩新藝綜合體電影，永遠不老。忽然有一種世紀末的哀愁感。

古人云，文以載道。若真是要文以載道，則可被歸類為舊時人，古人，食古不化，沒有時代感。有時當你認為某些事件或人物已被時代淘汰，他們忽然又會悄悄地走回來。

七十年前拍攝的《亂世佳人》，雖然電視中播放過無數次，DVD 藍光光碟滿街皆是，卻萬萬沒想到在香港碩果僅存的千人新光老戲院，竟然可以掀起懷舊的熱潮。忽然大家都感覺以往的電影比現在來得紮實有戲味。因為以往的機會來之不易，因為以往懂得珍惜。但是可怕的光陰居然可以把價值也改變。現在任何人都有手機，手機就可以拍電影，又有互聯網播放平台，只要你遇上天時地利人和的機會，就是電影學生也可以在頒獎台上把老師大師們打個稀巴爛。

從《亂世佳人》走過《生死戀》直到今天，看看真是變成一個什麼時代。我說的是電影世界裏。

2012.11.11 寫於香港

Lin i ting

記憶中

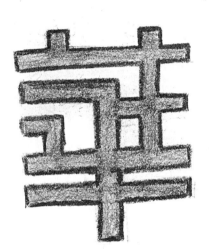 

WALTHAM

華爾頓

孔雀舞廳

器 電 昌 洪

莊 油 豐 茂

泰 祥 玉 器

生 友

仁 安 藥 行

押

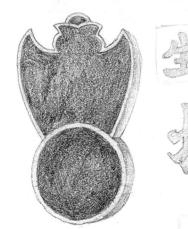

成興金鋪

豉味人和酒

金鳳冰室

廣和酒莊

美 的 服 裝

分隔島街景
靜宜 2017/06

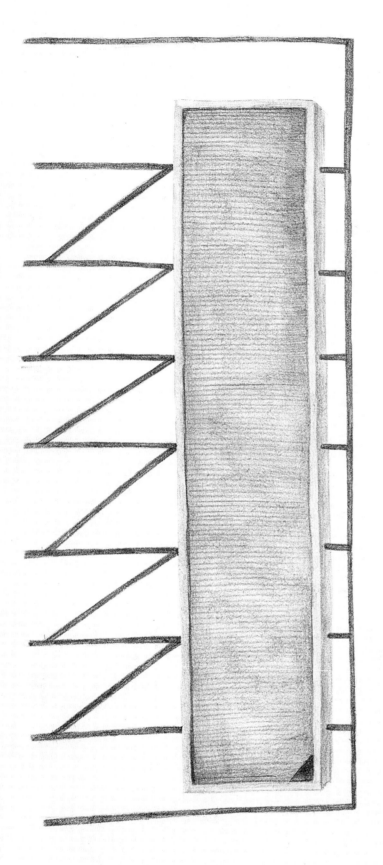

雲天大茶樓

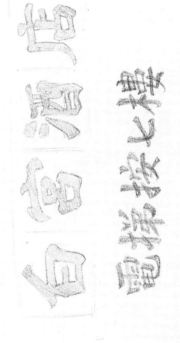

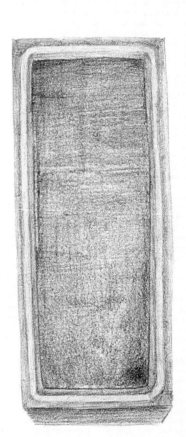

分隔島街景
靜宜
0614

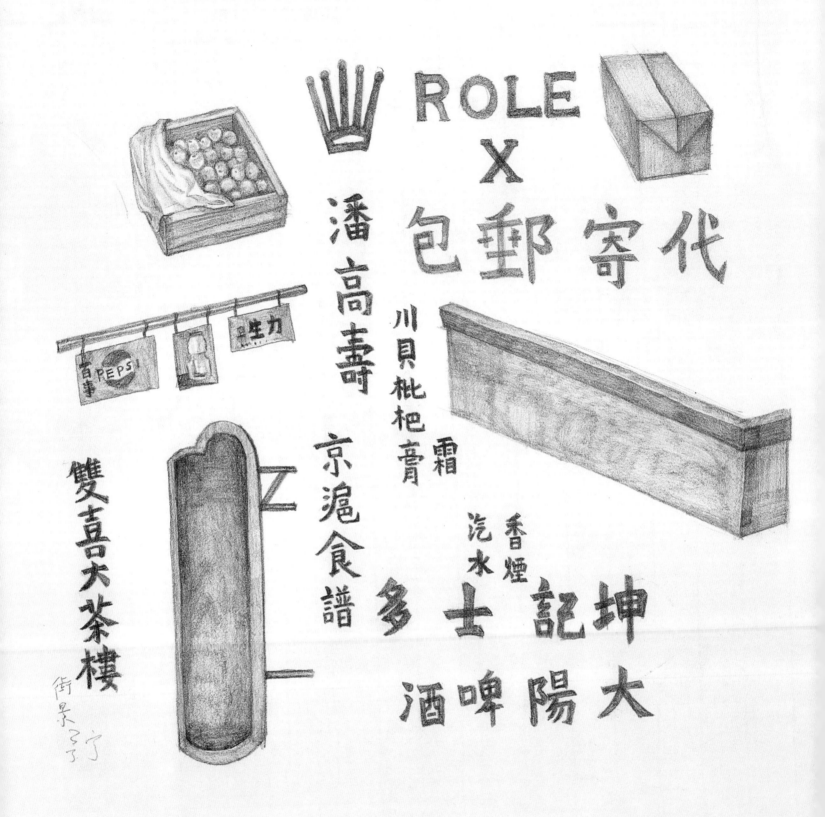

ROLE
X
包郵寄代

潘高壽

川貝枇杷膏 霜

京滬食譜

雙喜大茶樓

香煙
汽水

多 士 記 坤

酒 啤 陽 大

街景了了

亞洲公司

陳汝熙牙科
JOHNSON CHAN

百代公司

香港私家偵探社

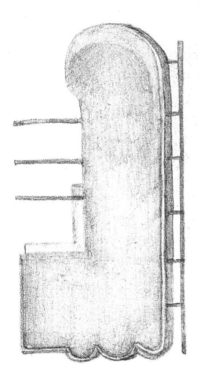

工商日報

愛麗髮型屋
專為女賓服務

華麗影相

晨心

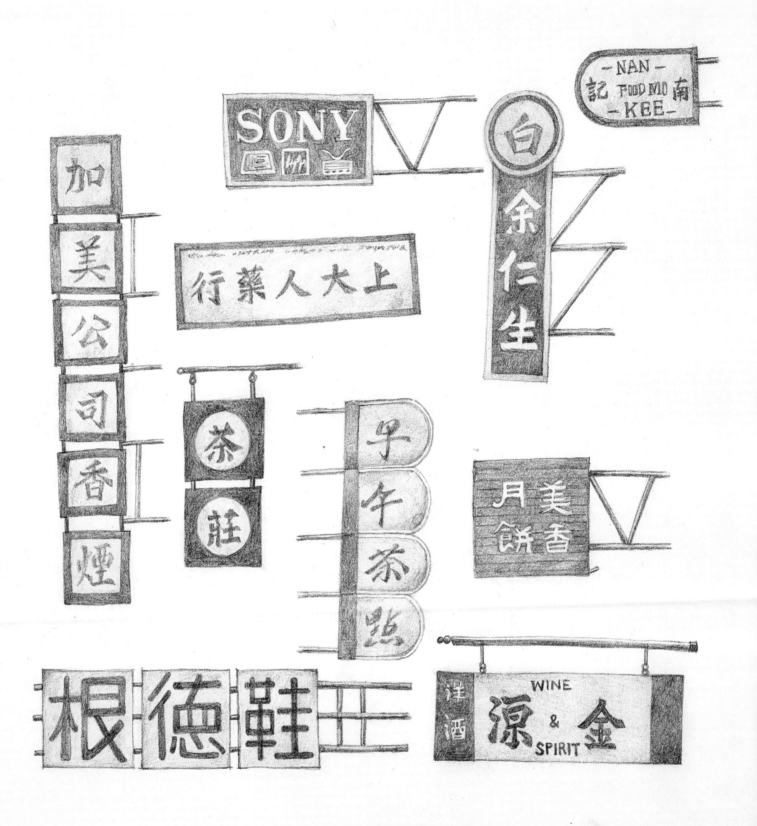

品雜藝工 和兆 貨山產土

押大昌和 館辦源金

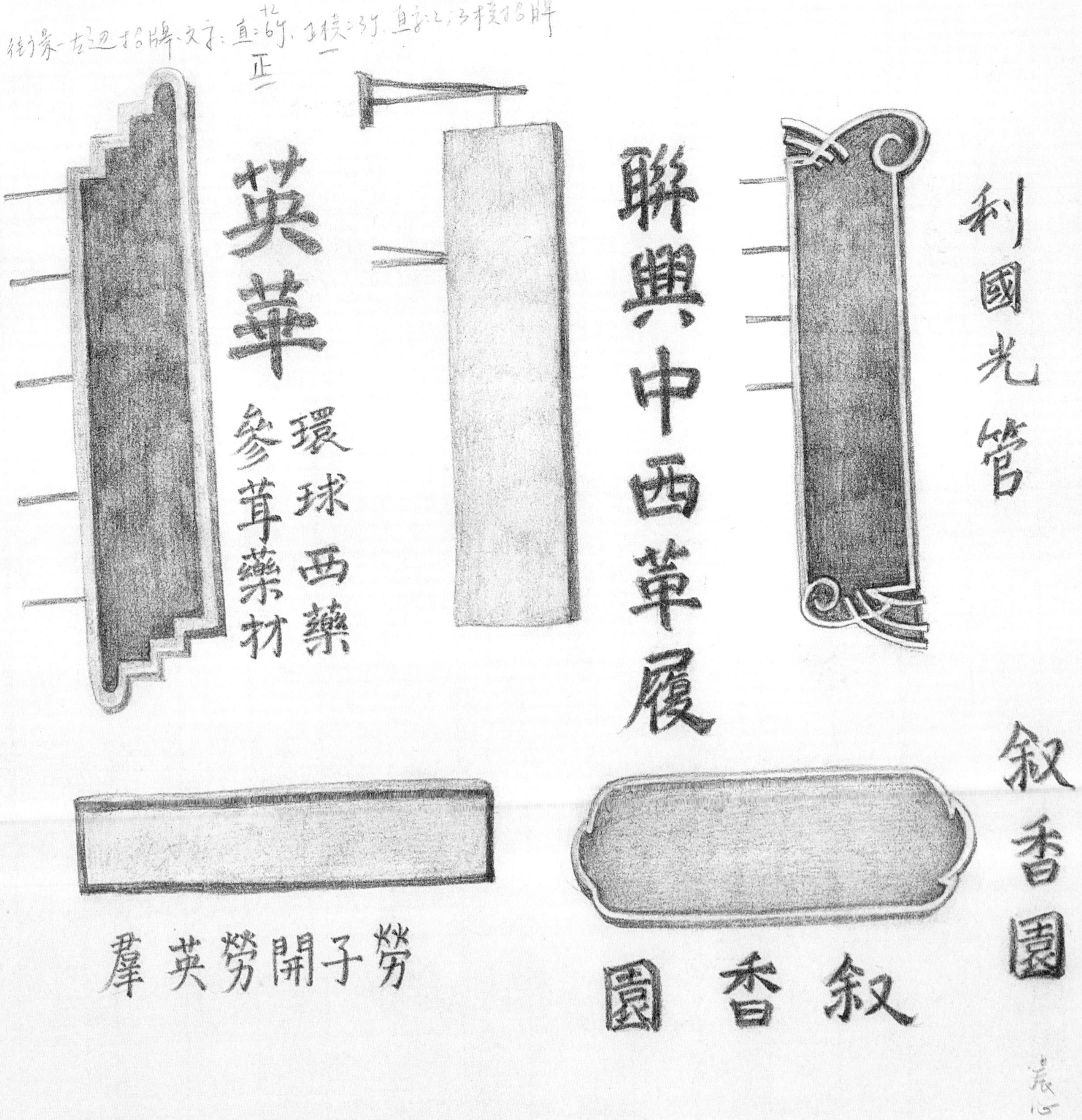

英華

參茸藥材 環球西藥

聯興中西草履

利國光管

叙香園

羣英勞開子勞

園香叙

辰心

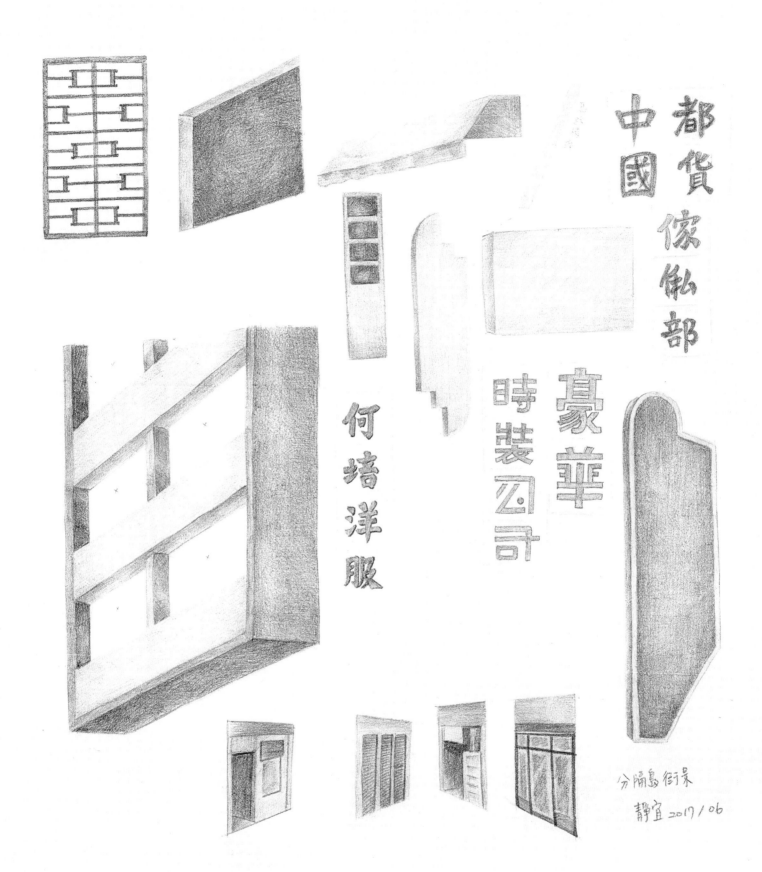

都貨傢俬部
中國

何培洋服

豪華
時裝公司

分隔島街景
靜宜 2017/06

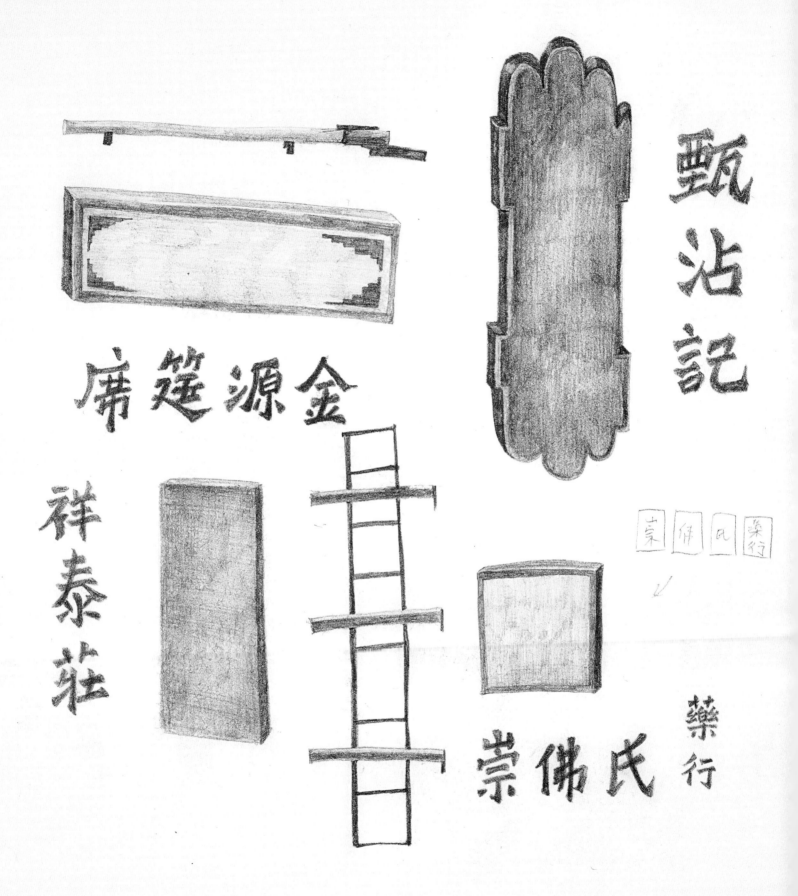

街景 - 右半邊招牌·文字

院容美東遠
FAR EAST BEAUTY PARLOUR
師名海上部全

與記書莊

(招無招牌)

藝茂
大吳國華
公司

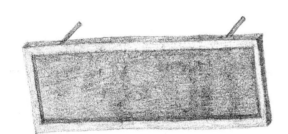

莊洒隆興

皇后飯店
QUEEN'S
Cafe

金都旅店

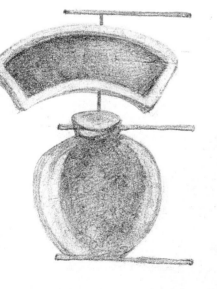

興祥廠

酒

晨心

電車路上

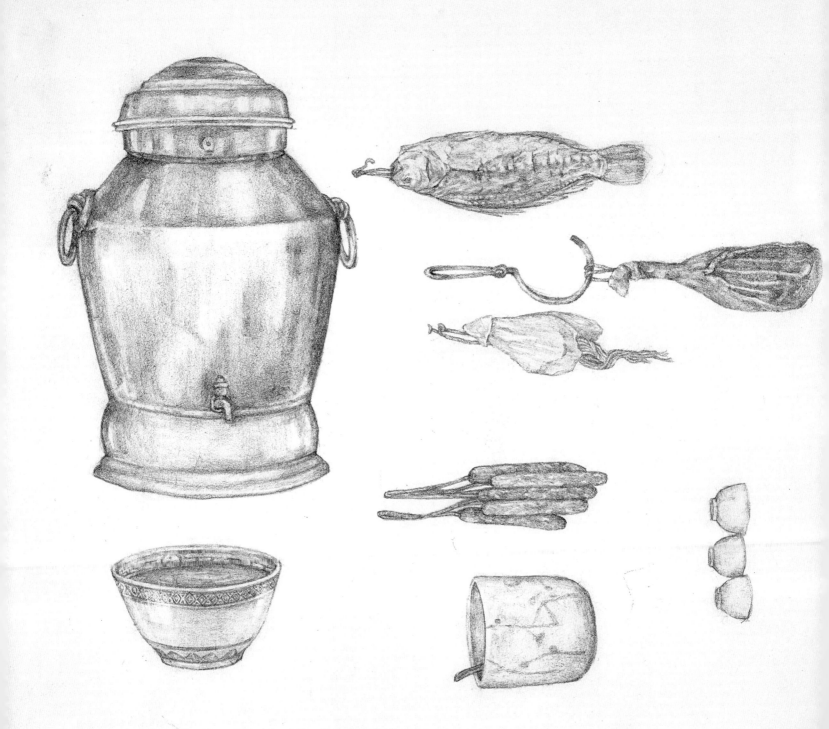

茶餐廳外觀 3/3 亨字

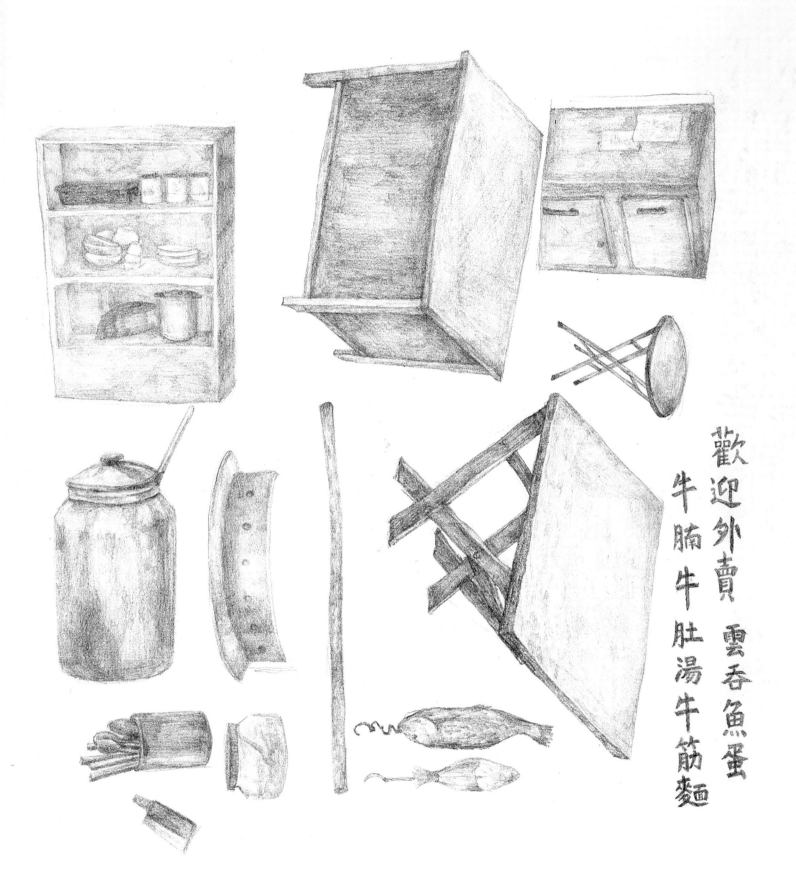

歡迎外賣　雲吞魚蛋
牛腩牛肚湯牛筋麵

引此一遊一

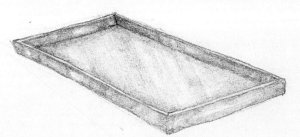

茶涼名著
膏爺龜製精

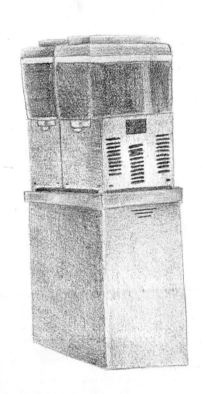

花
鳳

街景斜拍
靜宜 2017/06

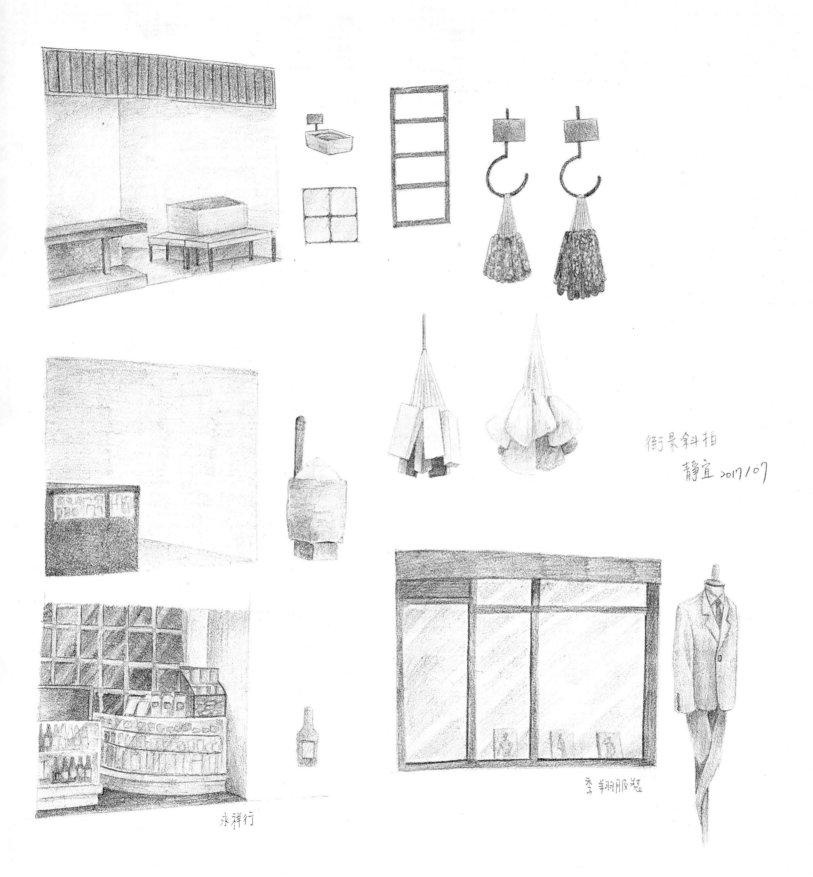

街景斜拍

静宜 2017/07

永祥行

李羿羽服裝

美都冬室

傑記冰室

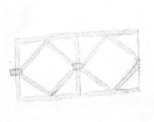

雅園餅店

賴慶記

新新書店

街景斜拍

靜宜 2017/06

行金老豐展

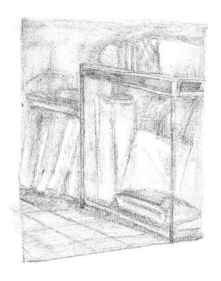

錶鐘 記三 莫
押大生 廣

茶名夜日

）棧源同

行藥健康

一平

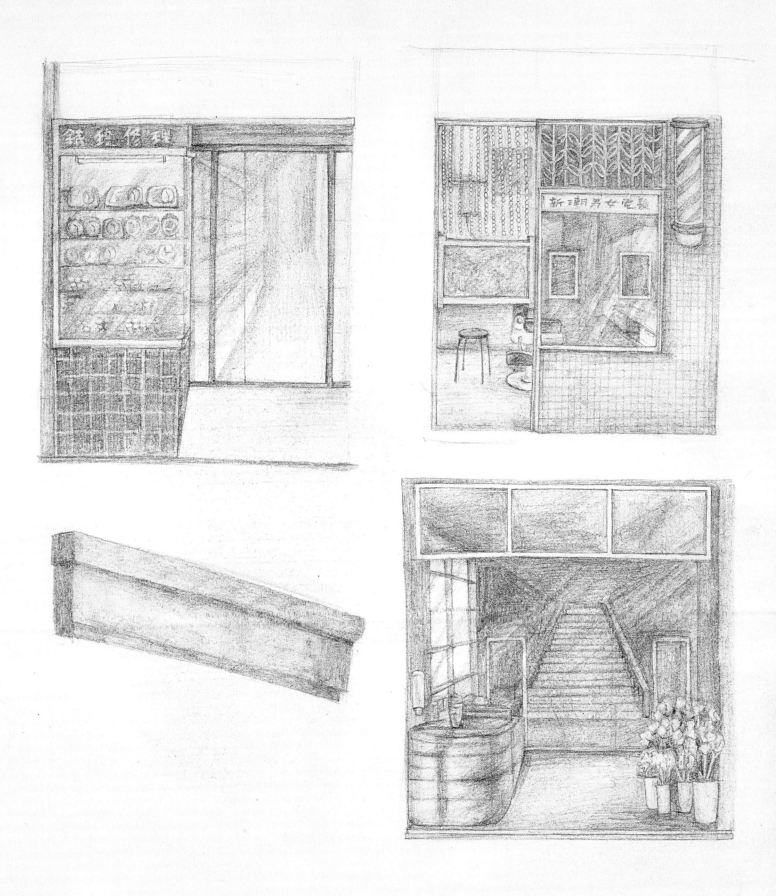

調珍 醬園

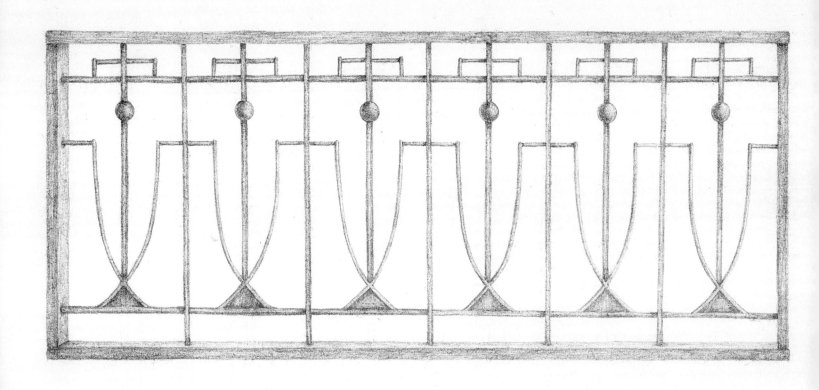

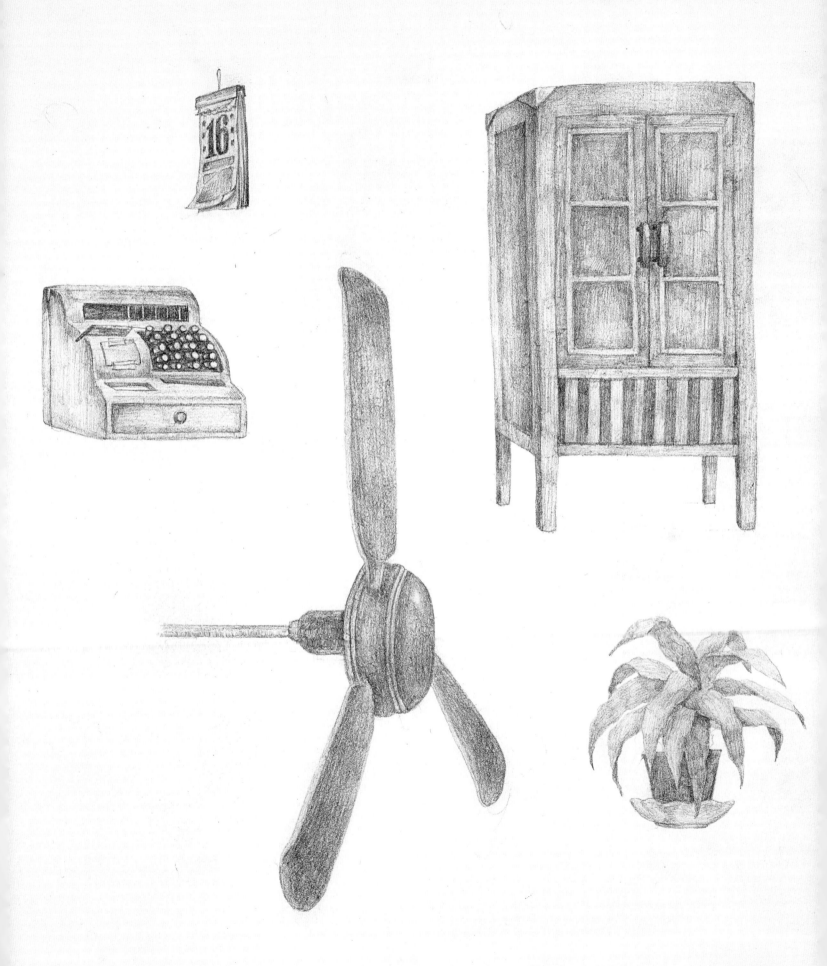

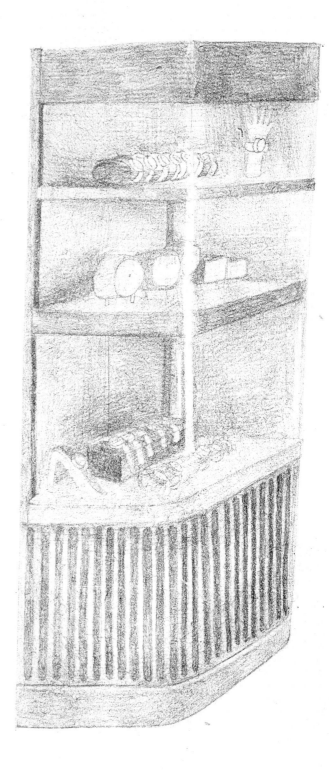

關

茶

里

安

Coca-Cola

晒冲白黑色彩

YCH CHONG HONG

眼鏡公司

綠寶橙汁

兼 茶餐廳外額

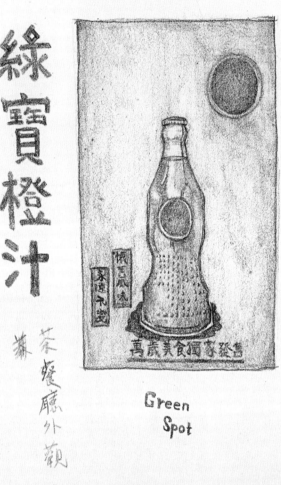

全港獨家

Green
Spot

可口可樂

正華汽水眾

皇都戲院

ONE-ARMED SWORDSMAN

刀臂獨　潘迎紫　焦姣　王羽

TWO FOR THE ROAD

AUDBEY ALBERT
HEPBURN FINNEY

GERALDINE CHAPLIN   DAVID LEAN'S FILM

DOCTOR
ZHIVAGO

DOCTOR
ZHIVAGO

齊瓦哥醫生

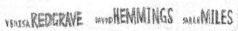

VENISA REDGRAVE DAVID HEMMINGS SARAH MILES

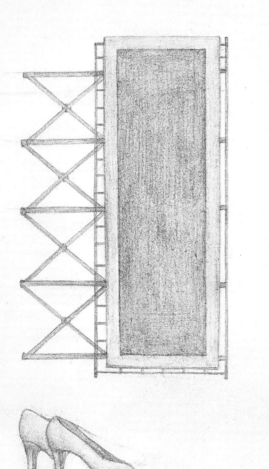

新隆傢俬

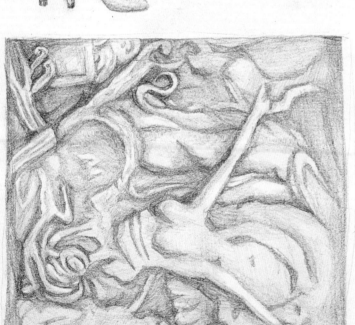

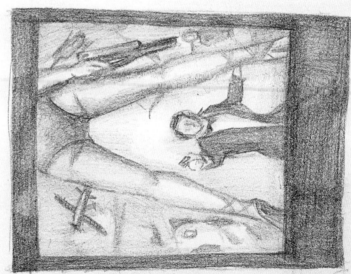

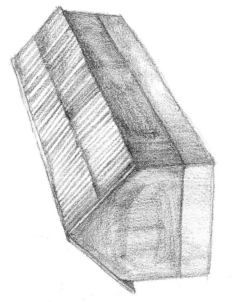

辛康納利
占士邦
剛金鐵
嶺箭火　勇
　　　破

售票處 BOOKING OFFICE

一律3元

座堂

ＡＢ廳（樓上

下

即日早場

今天放映

Willow 2017.5.5

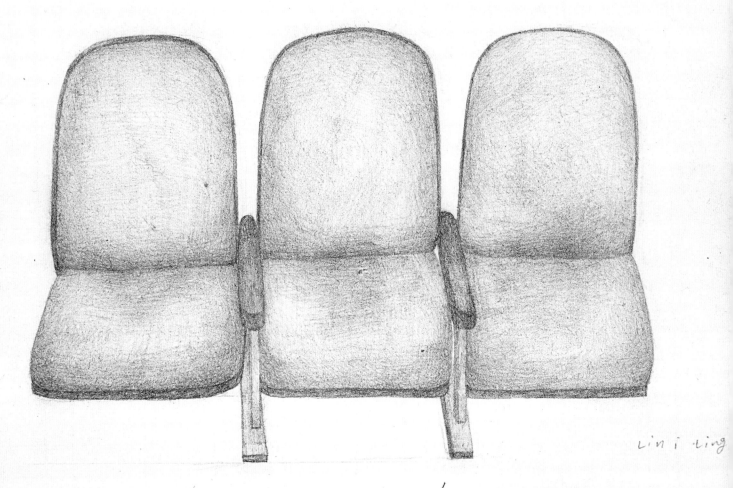

Lin i ling

林以玲

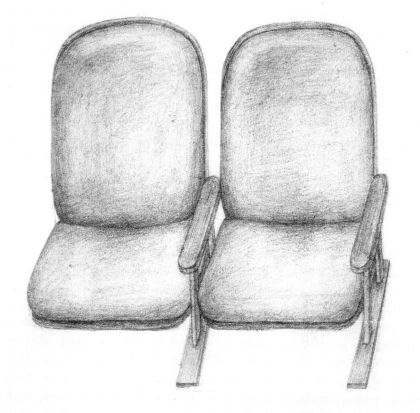

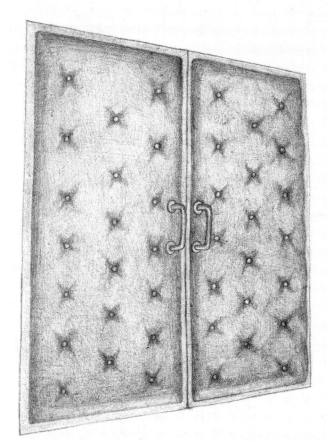

山雲河舒.

陈宇宁

草叢（禾掃描 9.7）

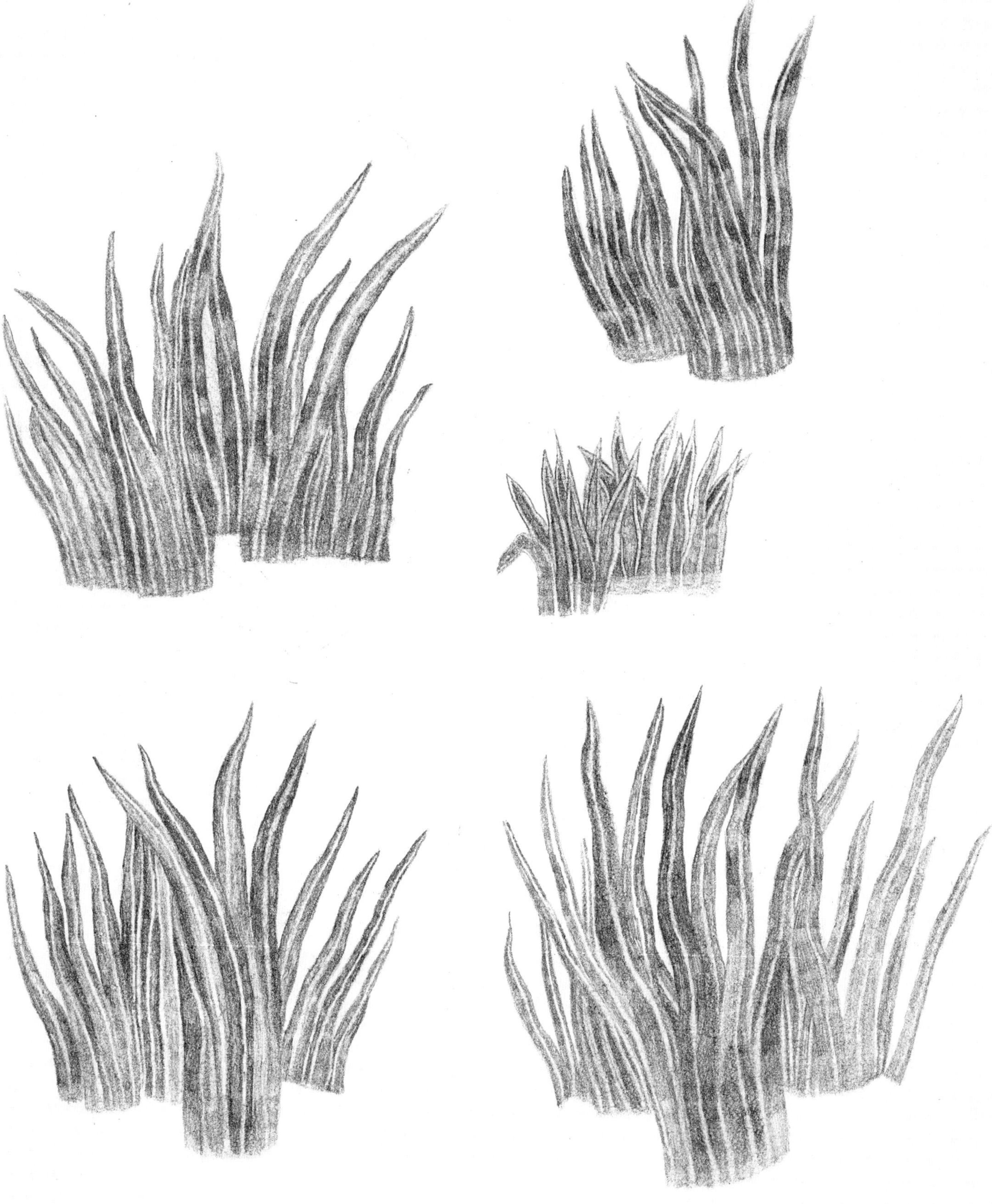

DOUBLE
DIAMOND

CORNBROOK ST.VINCET

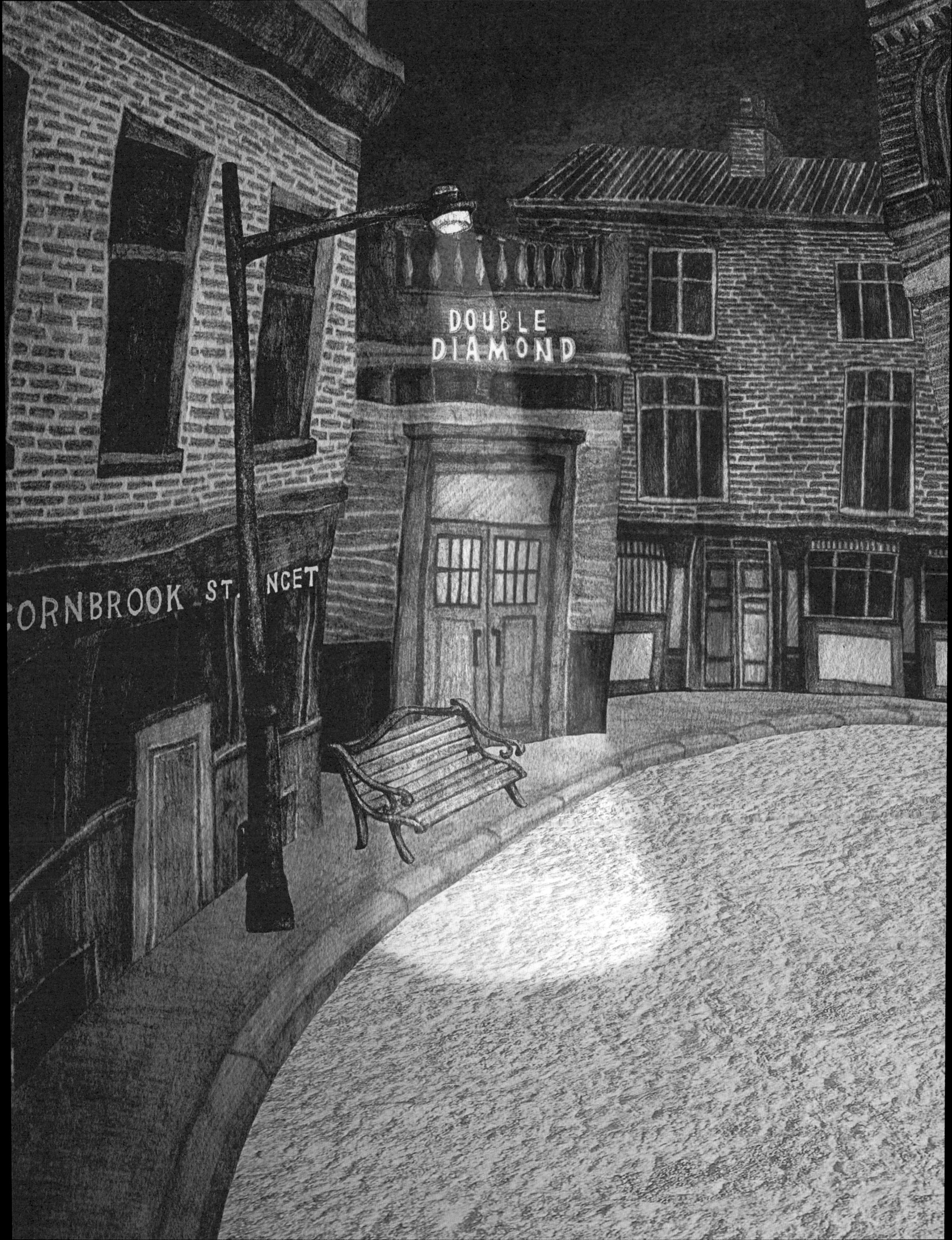
DOUBLE
DIAMOND
CORNBROOK ST.
NCET

過
雲

像是雲一般的飄過。

離開台中的一九六四年初夏，山下的豐原縣掉了一架飛機。機上載滿了
港台電影文化界的重要人物，方才出席完畢亞洲影展盛典，往霧峯參觀
故宮典藏的途中，墮機失事，無一生還。其中包括劍橋畢業的新加坡富
商電影人陸運濤先生和夫人。

有誰還記得？

書架上有本《國泰電影五十五年》，一九九一年新加坡出版，國泰機構
現任總裁朱美蓮為了紀念她舅父，精心印製的非賣品。取下一翻，盡
是國泰機構往昔的榮華與艱辛歲月，一個年輕企業家對電影夢的實踐
過程，也是陸運濤四十九歲難忘的一生。畫冊的開始是一張大跨頁，
一九五九年第六屆亞洲影展國泰代表團大合照，星光炫麗。再仔細留
意，左下角內附一張小插照，原來是遇難者登機前的合照，整本畫冊就
是由這個改變一切的空難開始。

空難帶走的是香港國際電影懋業公司的盛世。《四千金》的溫情。
《龍翔鳳舞》的艷情。《星星月亮太陽》的國情。還有那《玉女私情》。
更加別提失傳的《紅顏青燈未了情》。

誰還記得電懋的總經理曾經是鍾啟文，誰還記得文化學者宋淇是製片

主任，張愛玲秦亦孚張徹是編劇，王天林陶秦易文是導演，誰還記得當時旗下的男女明星排出來有：尤敏葛蘭葉楓林翠李湄白露明陳厚張揚喬宏雷震等等又等等。還有唯一與邵氏分享合同的林黛。

從小在台中大度山鄉下長大的標準影迷，除了電影雜誌畫報之外，還會每星期上大學圖書館翻閱香港的《新聞天地》，專尋馬行天先生的電影小盤。什麼八卦都吃到肚子裏，而且不會忘記。

記得電懋有位體育皇后小丁皓嗎？曾被鍾啟文力捧。馬行天寫道：看不順眼的大家姐李湄到新加坡用英語告御狀，說鍾啟文是電影界的希特勒，要求老闆解僱總經理！這等無關緊要的花邊新聞，超過半個世紀還記在標準影迷腦中。

歷史老師曾罵道，歷史事件又不見你記得像電影情節那般清楚！正牌樓上畫家馬明也譏諷：你沒有西曆與農曆，只有一本電影觀賞編年曆。心悅的就不會忘掉。許鞍華的母親就會記得「璇宮戲院」開幕之日，電懋女明星身着旗袍齊齊剪綵的盛況。更記得眾女星之中，最美林翠。還又記得葛蘭扮演月亮修女，修道院中重逢舊愛張揚，葛麗絲張告訴導演易文，鏡頭要特寫她手中微震的玫瑰念珠。當年標準影迷必看的《國際電影》是這樣寫着。

這些芝麻綠豆的事，怎會在腦海中記得那麼清楚？因為在那個年代，時間比現在多又長，朋友見面會交談而沒有 WhatsApp，一件衣服兄弟輪流交替穿，一雙鞋子破了補過又補。

那是個美好而又簡單的年代，新藝綜合體伊士曼七彩威廉荷頓《生死戀》中，深水灣的海水清澈，仍然可以見底，有近視眼的小孩像宮崎駿《風起了》那般，夜晚還會躺在草堆裏望遠處的星星，土法煉鋼醫近視。

那時電影是唯一大眾喜愛的聲色娛樂。那時的明星就只有電影明星，在音樂體育賽車文學界頂天立地都不可以號稱明星，只可以稱呼他們音樂家體育健將賽車好手文學泰斗。不能説必然，卻肯定是偶然，一九六四年在台灣台中的那場空難，確實改變了香港電影界的風貌。

那是整整半個世紀五十年前的事。

手還繼續不停地翻弄電影雜誌的紙頁。《南國電影》可真一枝獨秀。凌波的《花木蘭》，胡燕妮的《何日君再來》，鄭佩佩的《大醉俠》，何莉莉的《船》。以為邵氏電影的輝煌是無可取代，誰人知道大公司的官方刊物也有末路的一天，新陳代謝的也是邵氏出品《香港影畫》。誰又知道電視會幾乎取代唯我獨尊的電影？誰更能預測電子網絡會領導一切的潮流？

不知何時出現了互聯網和智能手機，紙張雜誌不再流行，所有的電影資訊都變得天涯咫尺。只要手指在芒幕上滑動，就真箇「秀才不出門能知天下事」。海天不再碧藍，空氣中圍繞着無數看不見數量的電波，交通變得更發達，人與人的距離更遠。這五十年的變化，若是已走的陸運濤先生看到，不知又怎想？但是當年與電懋共同雄霸國片影壇的邵逸夫爵士，卻日睹這一切的變遷。

非但目睹，更身在其中。在這比陸運濤先生多出來五十年的日子裏，邵氏片庫電影號稱上千，TVB每年播放節目必然上萬，慈善捐款更數以百億。

即使好奇有若標準影迷，也拿不出證據二大電影巨頭半世紀前是否有私下聚談，肯定若是二人天國相遇，一位會以四十九歲的英國紳士風範，來迎接這位百歲老人，一同觀賞他帶來驕人的數字與人生。

忽然又想到《風起了》那追夢的小孩。夢中的偶像告訴他所設計的飛機，一次世界大戰中飛出去的，只有一半回來。而那小孩夢想實現後的飛機，二次世界大戰中飛去的，沒有一架回來。

都是在雲端，在飄過。

從一九六四到二〇一四這五十年半個世紀，看見的與看不見的，俱往矣。

2014.1.7 寫於邵逸夫先生忌辰

香港的草本

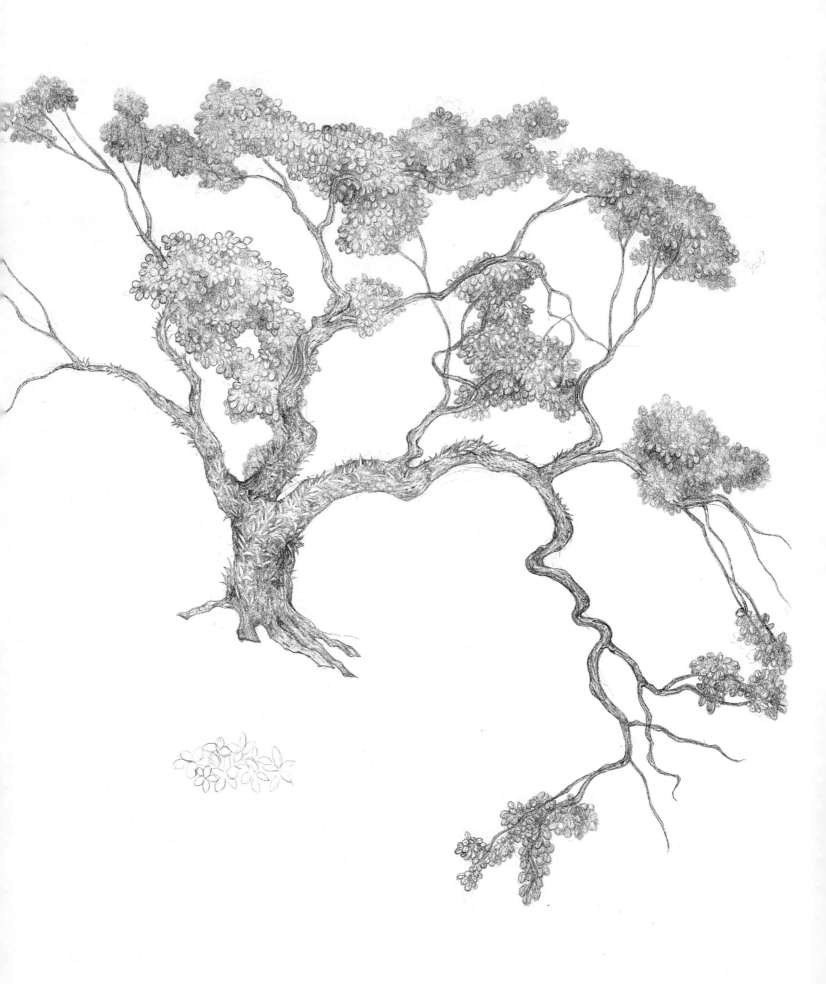

那真是個世外桃源，沒想到鬧市中會有如此美妙的庭園。初冬的季節還開放着各色的花草，庭園四週的明窗淨几之後，又住的都是些什麼神仙人物？遠處走來一對俊男美女，一定是電影明星，但是卻叫不出姓名，因為電影現在已經沒落。

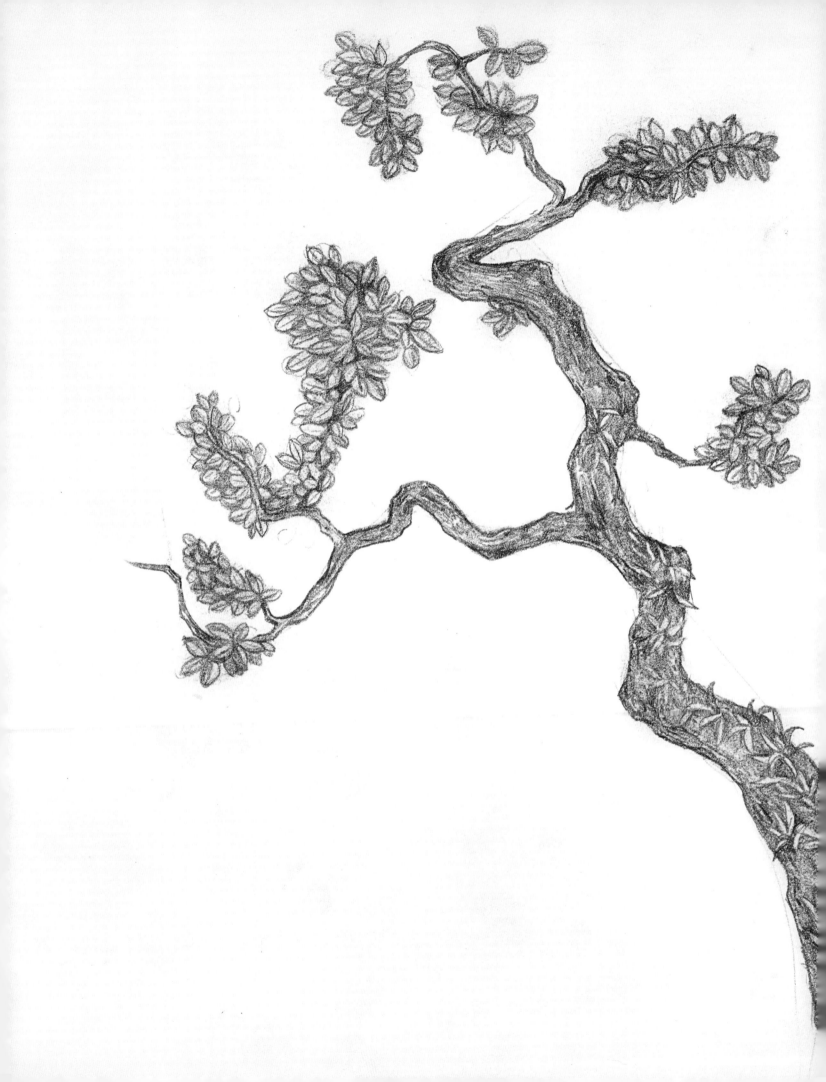

lin iting

Lin i ting

乾
枯
樹

Liniting

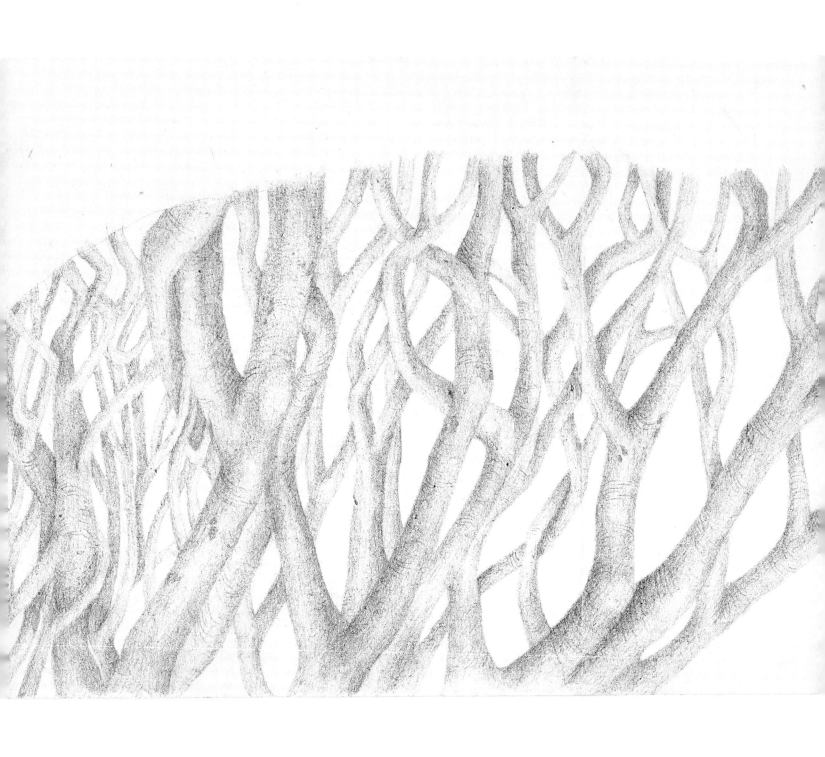

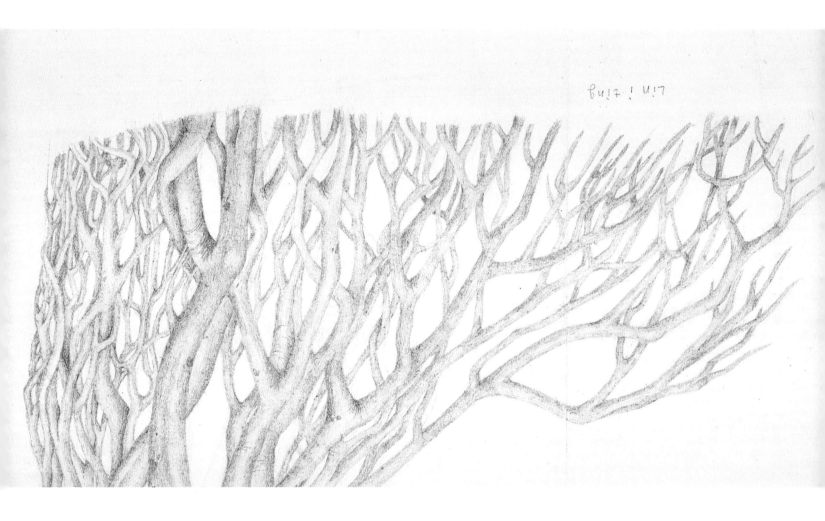

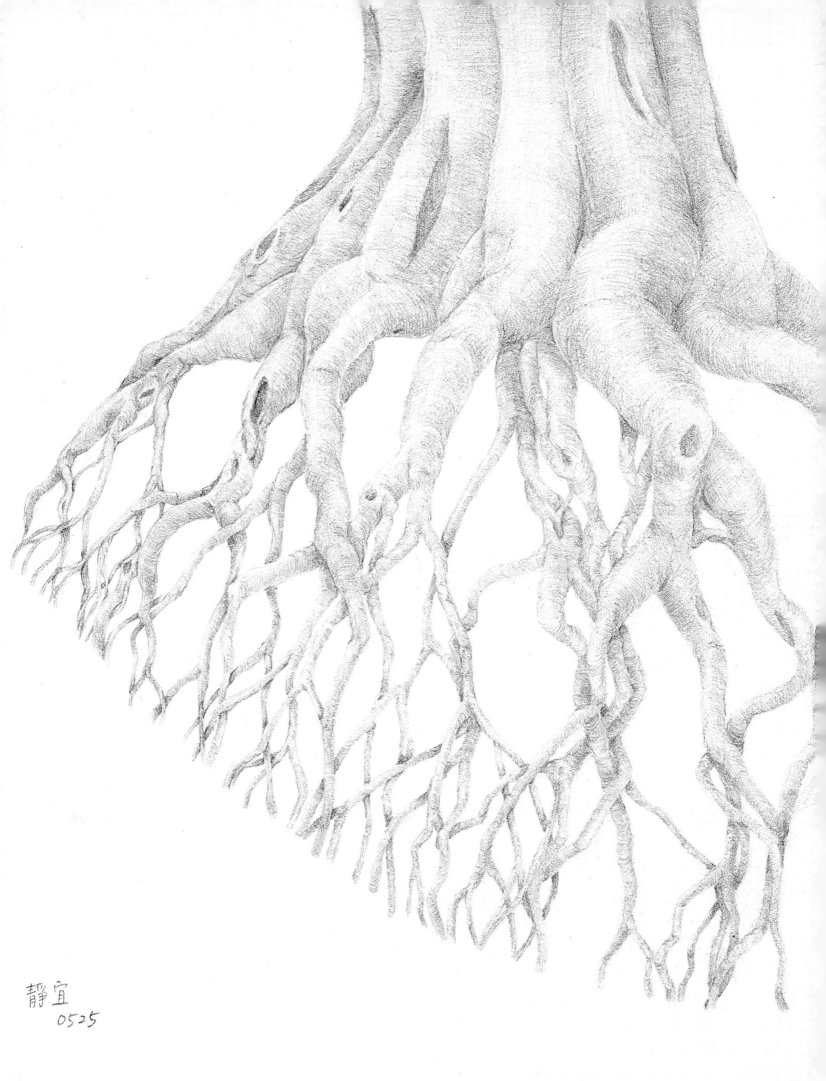

静宜
0525

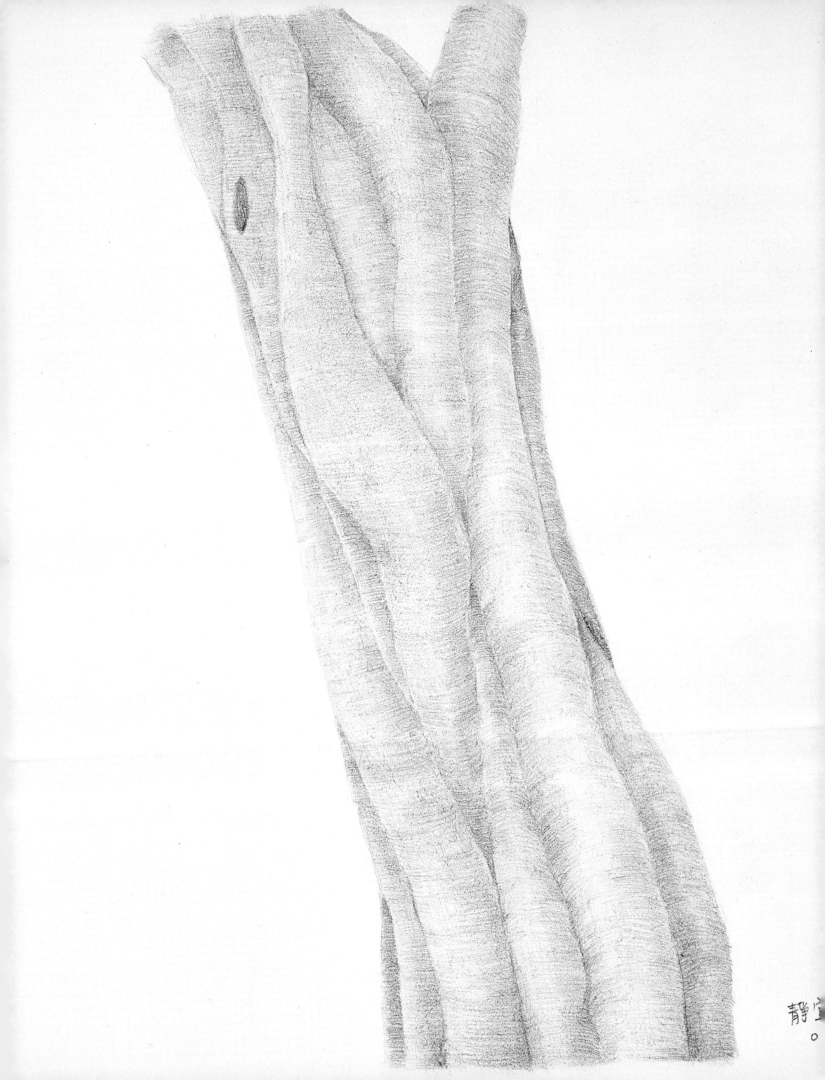

静宜
。

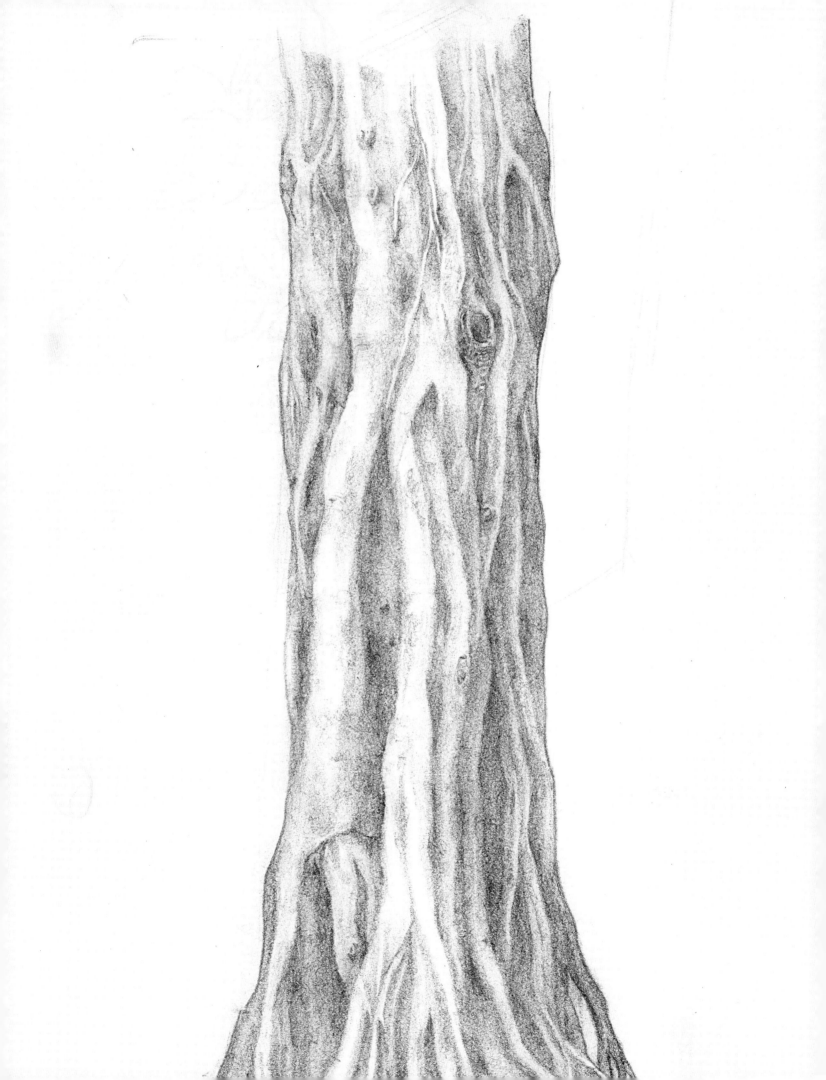

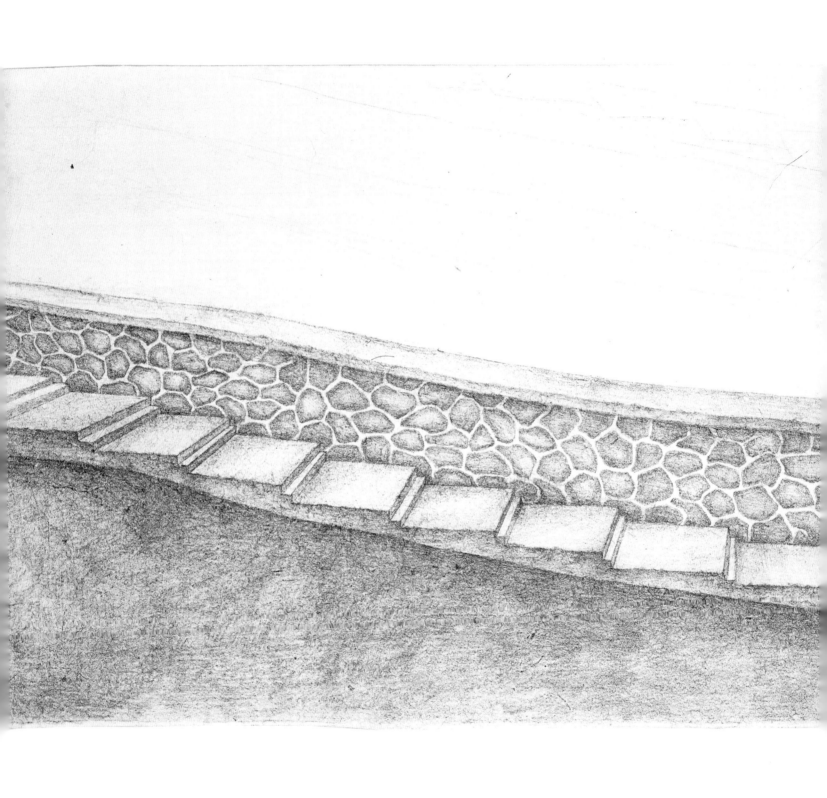

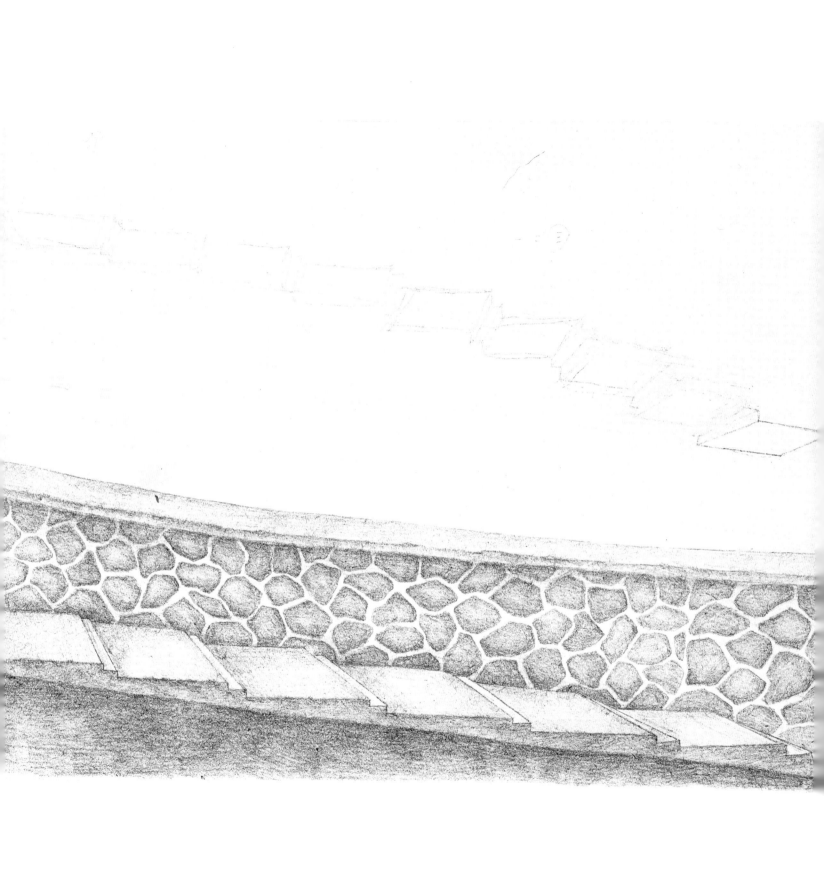

木棉花

六十年代的香港，到處還有許多亞熱帶的木棉樹。早春時分會開出血紅的花瓣，隨着天氣漸暖，那紅色的花就會蛻變成堅硬的果實。春天尾巴來臨的時候，白色的棉絮就會破殼而出，隨風飄蕩，像是雪花片片，煞是好看。

浮生

土耳其的伊斯坦堡，阿根廷的布宜諾斯艾利斯，烏拉圭的 Montevideo，巴西的 Porte de Alegrre 和聖保羅，然後再回到土耳其的伊斯坦堡，二十個日子歷經七個飛機場，班機誤點行李拖延不是偶然而是必然。

當旅程結束時回到香港，朋友慨嘆的說：真希望走出飛機場不是我等行李而是行李等我。Bingo! 果真過了海關行李已在第十一號出口等待。朋友興奮的說，走遍全世界的機場只有香港是這樣。回家一路上不斷的稱讚香港，不是馬路平坦就是機鐵方便，朋友說你們簡直生活在天堂而不知足，還要到美國向副總統投訴，台灣的林飛帆對香港佔中懂得什麼，香港的岑建勳又變成台灣服貿專家，反正政府都是不對，只有反抗是對的。

標準影迷聖保羅書友何偉祺同學畢業後到台灣做牧師，時常寫些雜感相互傳閱，這趟他寫：有沒有看到台灣最近的學運？實在破了法治的界線。背後，哄上了政黨的運作。在這學運中興起的所謂領袖，出自事件的機緣，多於個人的理想。參加學運的學生，動機不同。說理念？都是「短線」的。是世界普遍的問題，因為年輕人苦無出路！最後歸根都是教育上的缺失。

說的也對，曾幾何時，在媒體與潮流帶領下，將有教養變成了不時髦的代名詞，粗聲粗氣代表走在時代尖端，誰坐上了領導位置，就等於站在

那裏等挨罵或被扔雞蛋皮鞋。狗仔隊恥笑黃曉明帶着父母「土豪」血拚，君不見記者掉了相機袋，曉明先生還笑臉替他拾起，這就是大器。前些日子收到一通視訊，畫面上一架泛美航空公司飛機降落香港啟德機場，《給我一個吻》歌聲帶出了美好的五六十年代，中環皇后像廣場，尖沙咀彌敦道，香港仔水上人家，興旺而不擠擁的旺角，馬路上行人悠閑的緩慢，沒有冷氣的雙層巴士順着音樂節奏滑行，天空蔚藍毫無污染，那真是個美好的年代。

想起二○○二年，標準影迷由巴西聖保羅轉乘內陸飛機前往里約熱內盧，居然看到一座完全保留四五十年代樣貌的飛機場，聽說還上過荷李活大銀幕，優雅細緻一如當年，交通絕不繁忙，商場小而精緻，餐廳居然還有舊時器皿和柏布餐巾，然後見一隊運動員走過，西裝革履，個個面露英氣，忽然有種誤入桃源時光倒流的感覺。小型飛機下降里約熱內盧時，一片景色有若桂林陽朔的山水聳立海中，在這兩個飛機場起飛與降落之間，可是標準影迷飛行記憶中最美好的時刻。在時間的巨輪咀嚼之下，朋友告訴我，那美好的小型飛機場已改建成流線型的國際機場，不復當年鐵金剛電影取景之貌。

似水流年。

還有七十年代的倫敦機場，也有難忘的經驗，標準影迷當年手持一本香港居民身分證明書的旅行證件，到任何國家都需簽證，自然來到當時香港的祖家也不例外。意外的是經過大英移民局，官員將在入境表上填寫的國籍「香港」二字劃卻，改寫英文縮寫 ND，好奇借問點解，回答是 Nationality Doubtful，國籍不明！去年走進莫斯科的飛機場，移民局在您登機前先收下您的護照代為保管，在那沒有護照防身的三兩個鐘頭，心情完全真空，正可感覺一下國籍不明的恐怖。

新近北京訪友，飛機下降時窗外白霧有如硫磺，說是叫做霧霾。以前總

讀不出那「霾」字，現在可學會了。巴黎的奧莉機場在六七十年代可真是時尚旅行的地標代表，自從戴高樂機場建成後，一年不如一年。某年乘搭廉價機票往希臘，簡直以為進了難民中心。突然想起六十年代末，最美麗的祖母明星瑪蓮德烈治替英國海外航空公司代言，伸展那招牌的美腿，說道：B.O.A.C. gives you more leg room。即使今日，網上只見看板，但是那性感深沉的廣告句語，標準影迷永世不忘。

又回到昔日的啟德機場，裏面的美麗華餐廳有上好的下午茶，公司三文治價廉物美。學生們炎夏會帶着書本來嘆冷氣，也有打扮入時的電影明星在鎂光燈前擺個丁字腳，自然還有假扮送別的情侶們在光天白日下卿卿我我。《流金歲月》裏鍾楚紅對送機的鶴見辰吾說：我就像隻鳥，飛來飛去從沒停過，然後遇見你⋯⋯電影節修復版放映的那晚，觀眾問道，王家衛《阿飛正傳》中張國榮也是一隻飛個不停沒有腳的鳥，是否⋯⋯。是的，在標準影迷心目中，王導是當下詮釋似水流年美好時光的懷舊電影，中外第一人。

2014.4.20 土耳其歸來有感

樓上畫家

子明從鏡頭右下方
入鏡，前方是一漫長
的階梯坡道

(入鏡)

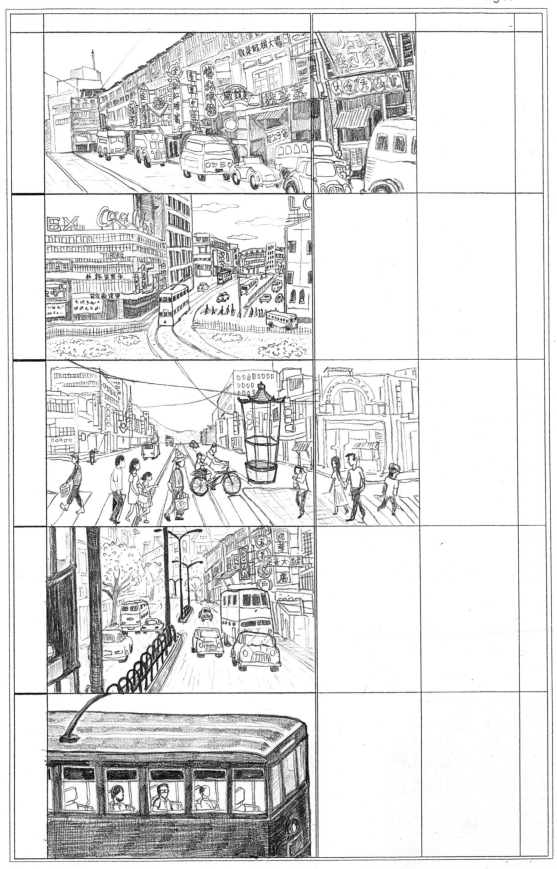

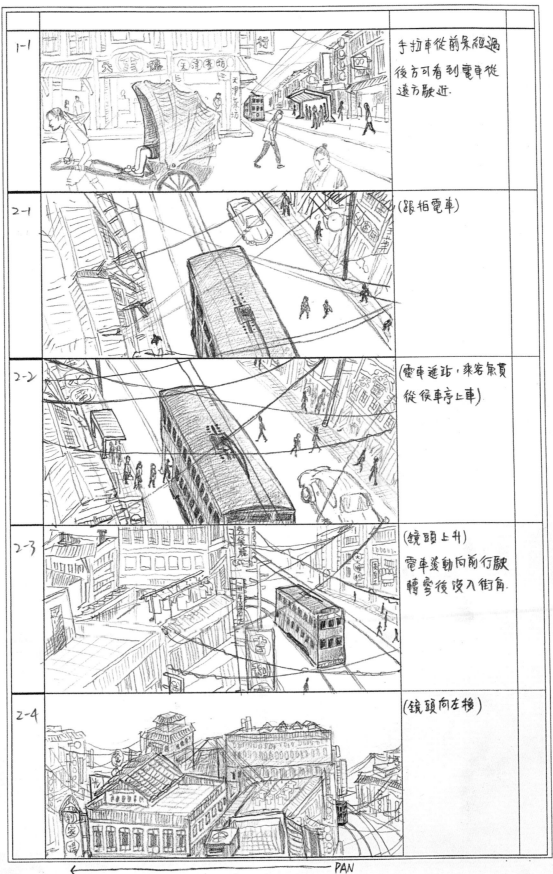

1-1　手拉車從前景經過
後方可看到電車從
遠方駛近.

2-1　(跟拍電車)

2-2　(電車進站,乘客魚貫
從候車亭上車)

2-3　(鏡頭上升)
電車發動向前行駛
轉彎後沒入街角.

2-4　(鏡頭向左移)

← PAN

Page:

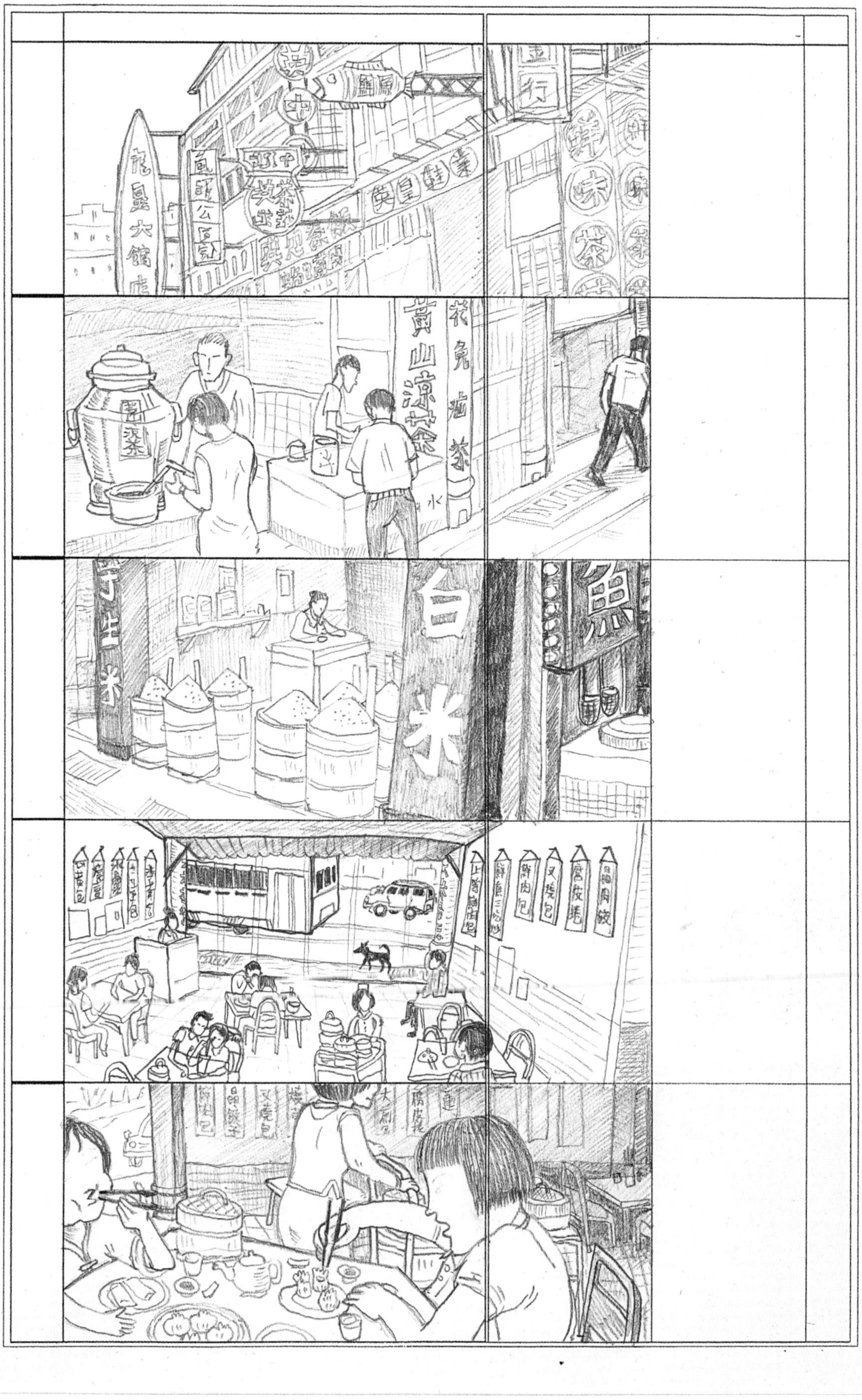

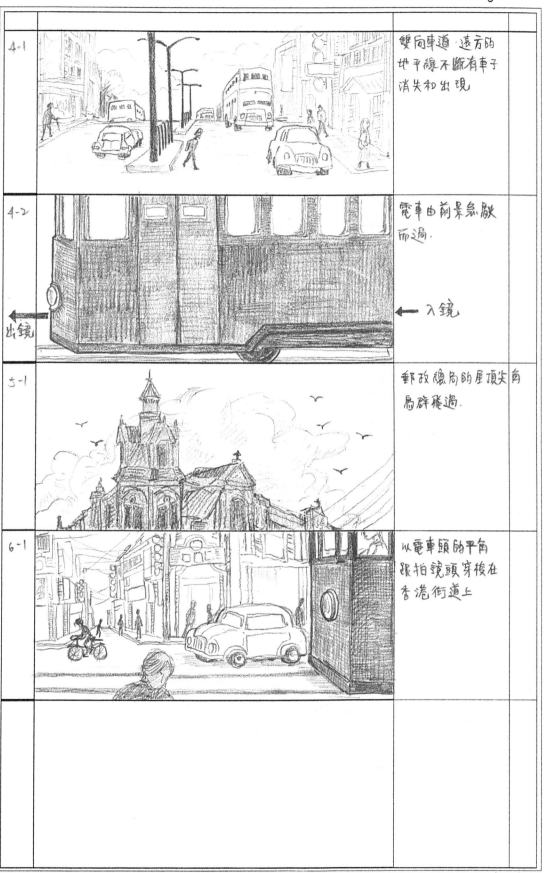

4-1 雙向車道. 遠方的地平線不斷有車子消失和出現

4-2 電車由前景急駛而過.

← 入鏡

出鏡

5-1 郵政總局的屋頂失角鳥群飛過.

6-1 以電車頭的平角跟拍鏡頭穿梭在香港街道上

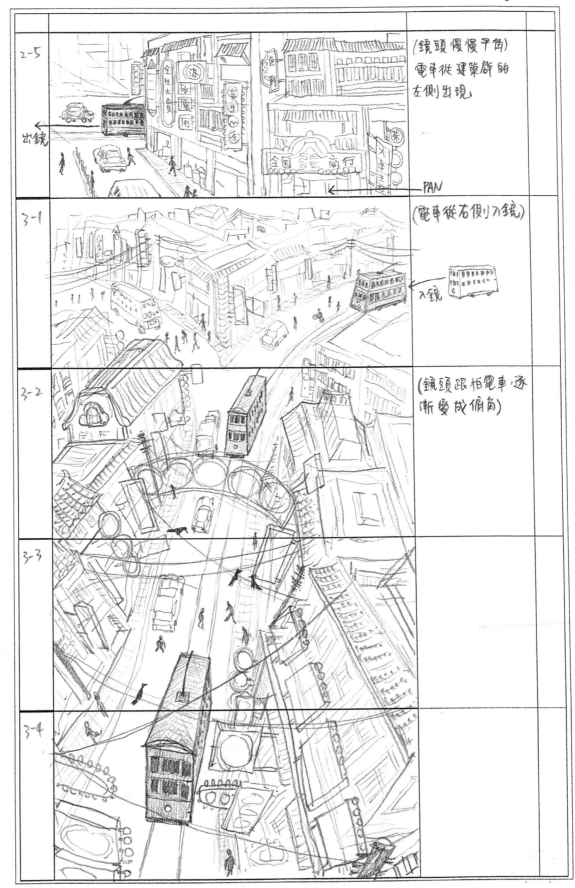

2-5　（鏡頭慢慢平角）
電車從建築群的
左側出現

出鏡　←

←　PAN

3-1　（電車從右側入鏡）

入鏡

3-2　（鏡頭跟拍電車逐
漸變成俯角）

3-3

3-4

那是半個世紀以前的電影，也是半個世紀以前的世界。那時每個地方都有他們的特色，那時的世界並不見得大同，但是每個地方的人都照着自己的規矩過日子。那時出門走一趟是多麼的奢侈，那時是多麼珍惜每一個機會。那時的世界海闊天空。

PAN

Page:

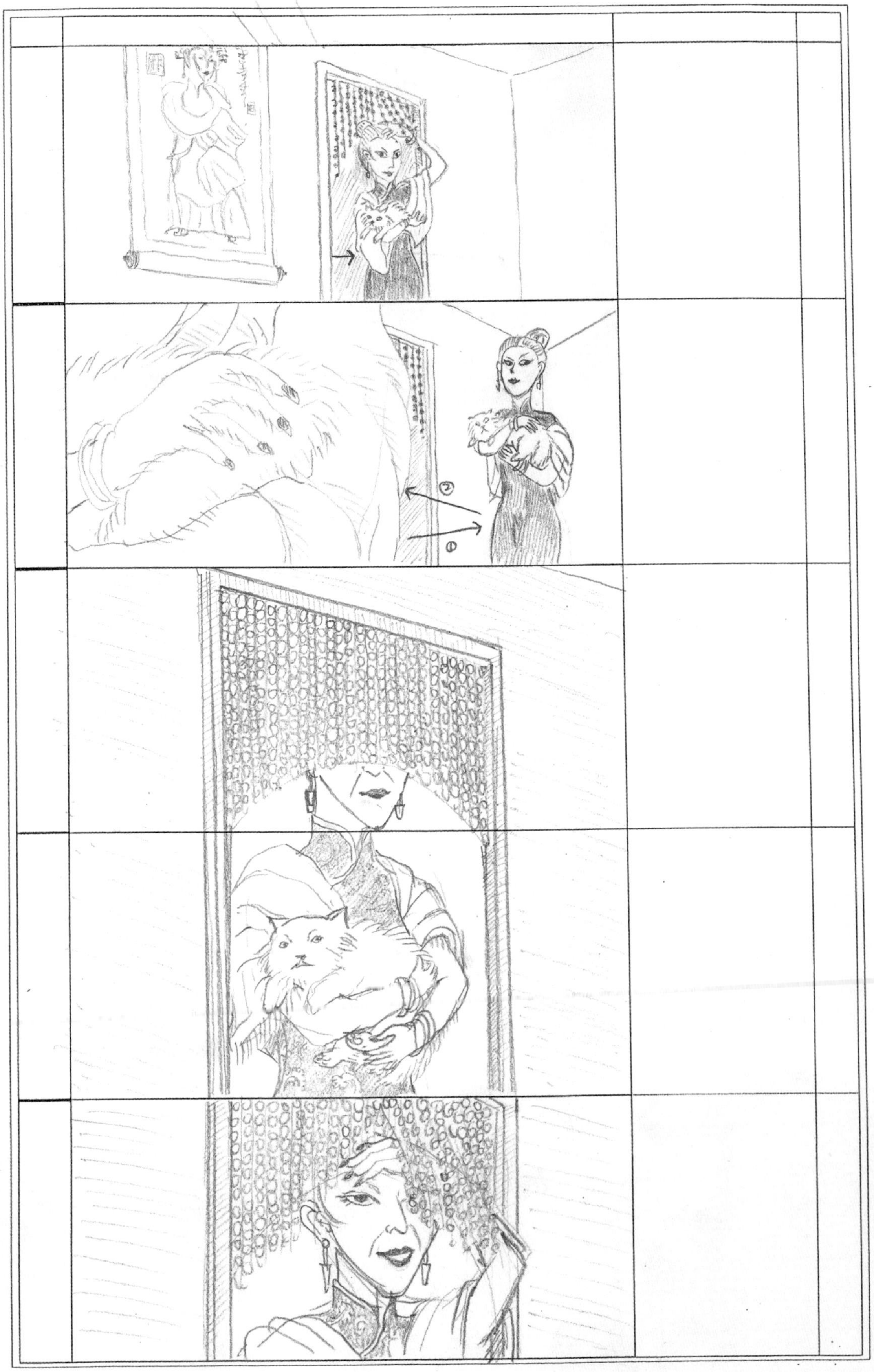

一九六四的哈囉

中學住在半山聖士提反附近的「柏道別墅」，樓上有位陳小姐，進出都有私家車接送，只要出現在電梯口，永遠都是風景一片，頭髮刮梳得既蓬鬆又光亮，旗袍柔軟的將曲線包裹得玲瓏浮凸，夏天少不了太陽眼鏡，冬天加件明克短襖，都可以突顯得出她與眾不同的氣質。

陳小姐不知是否天生高傲，從不和左鄰右舍友善寒暄，即使電梯口相遇，打個招呼哈囉一聲已經是天大面子。就因為這聲「哈囉」，住在大廈的孩子們喜歡叫她「密絲哈囉」，當然她從來不會知道。

大廈天台是公家之地，孩子們總喜歡在這裏看下東家長西家短，但是陳小姐的單位卻總有棗紅色絲絨窗簾深深的保護房間裏一切的秘密。有趟陳小姐家中宴客，衣香鬢影，客似雲來。孩子們故意擠進電梯，隨着西裝筆挺的賓客來到門口。陳小姐開門迎接。入眼的是客廳裏鑽石般的水晶燈，鑽石般的陳小姐。即使只有驚鴻一瞥，這場景怎麼和邵氏國泰个不是一般樣？電影裏只有陳小姐一半的真實。

暑假時陳小姐的兒子從英國回來，年紀和你我相若，氣質肯定是將來的牛津與劍橋。整個暑假也沒打過招呼，更別說玩在一起。暑假過後，兒子大小行李由司機送到啟德，陳小姐也搬去了淺水灣。那是我記憶中和奢華第一次最近距離的接觸。從此之後也對淺水灣有種不能自拔的着迷。從灣道上每一棟獨立的花園洋房開始，嘗試尋找隱藏在那些宅第中不可告人的秘密，那些錦衣玉食的美麗人兒或許其中有位正是當年的陳小姐。

2014 回寫 1964

這是我管教過方
結線去泡杯茶
請隨便坐坐。

Page:

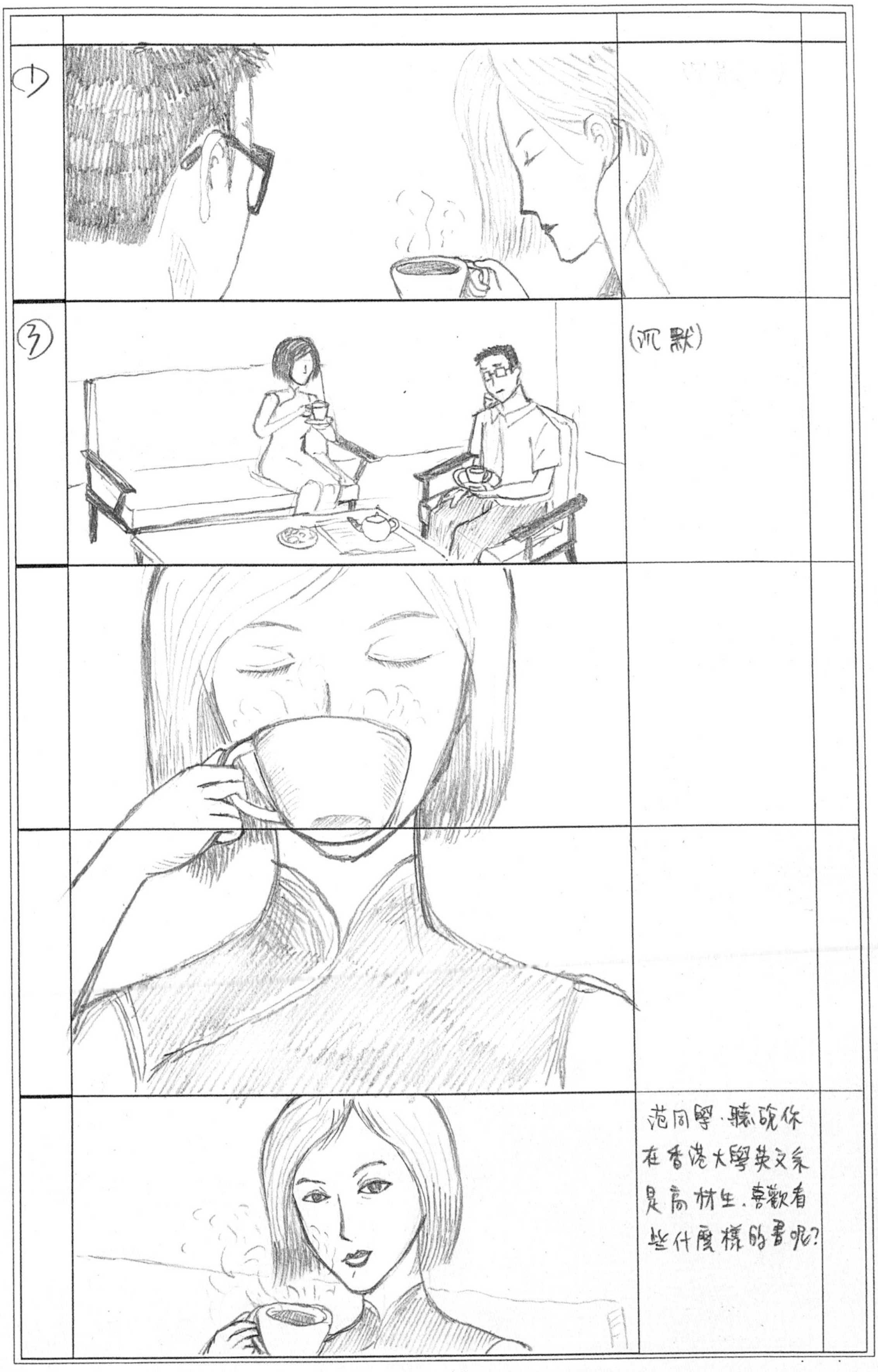

①
③
(沉默)
范同學，聽說你
在香港大學英文系
是高材生，喜歡看
些什麼樣的書呢？

"最喜歡看的是
《追憶似水流年》"

那是本怎樣
的書？

這是本相當於
曹雪芹《紅樓夢》
的書

您看過《紅樓夢》？

"當然"

(這時看了子明清澈
的眼神,代表兩人開始
以真心來交流興趣)

梅公館

Lin i ting

Lin i ting

Lin i ting

Lin i ting

瑛姐左手一指，卻是一片紫藤色的天地，那窗簾是淺紫配粉紅的方塊小格子，牆紙是野獸派墨紫鈎石綠間隔留白的葵葉大印花。牆上有面二呎寬的腰鏡子，切邊講究卻又不鑲邊框，懸掛的高度更不像是用來顧鏡自憐，從飯桌的角度望過去，任何人都會像一幅馬蒂斯的畫。

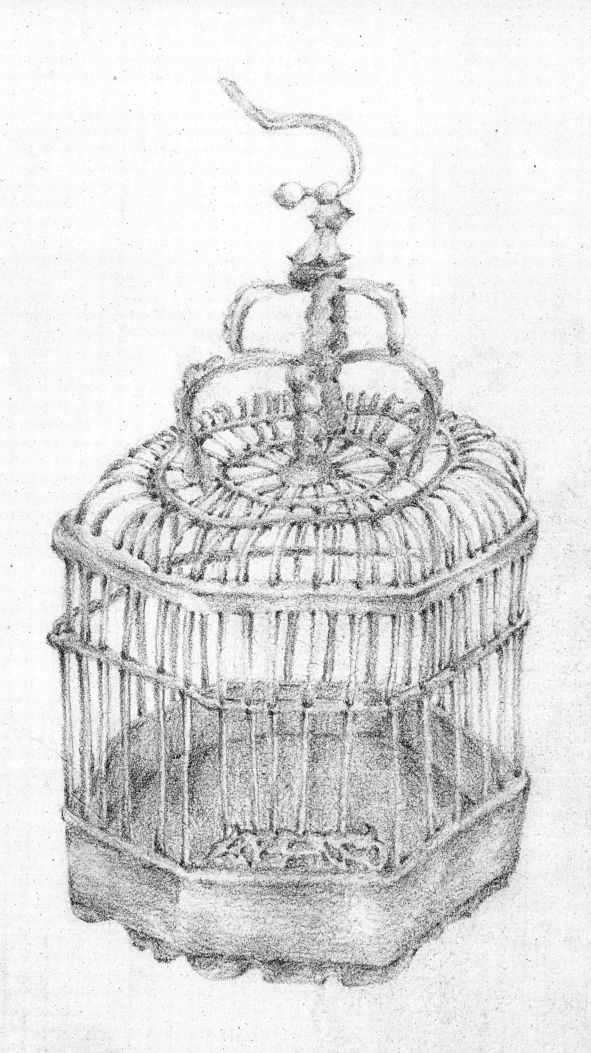

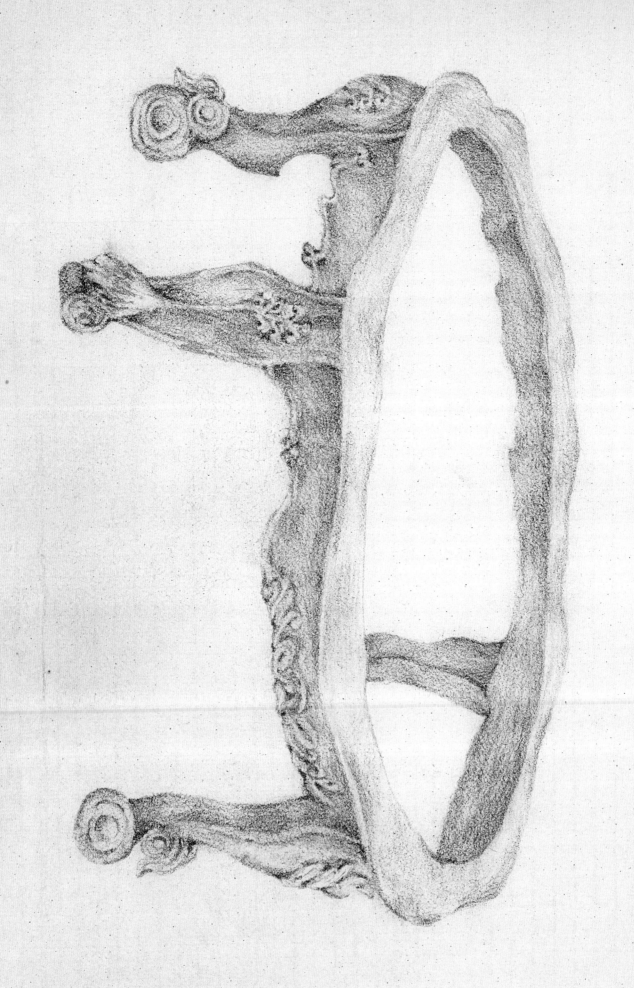

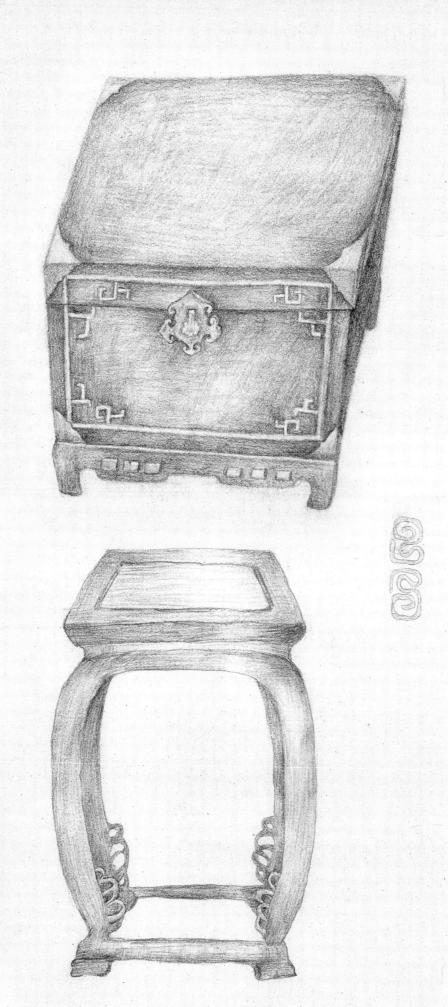

字二二樓

繼園台七號

iting

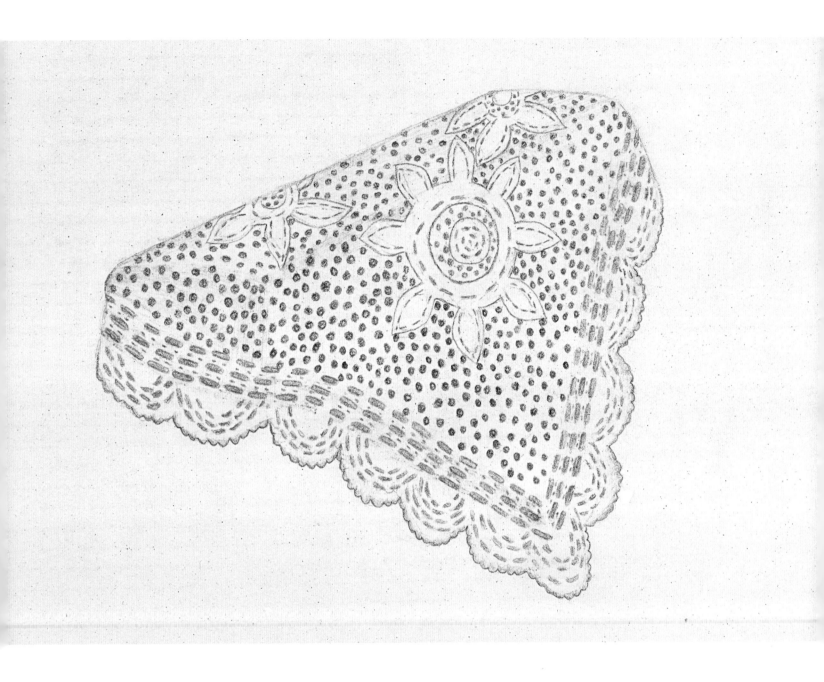

那晚吃完羅富記，我和他從中環漫步到天星碼頭。秋風確是有些蕭瑟，他忽然對我說了一句：假如這個世界不需要話語，那是多麼美麗的世界。我奇怪一個有那麼多文字上成就的人，怎麼會說出這句話。這也是我唯一記得和徐先生短暫接觸的話。

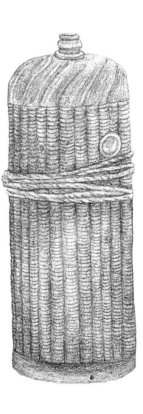

春光乍現

他們在樂宮戲院看完電影後的第二天，雖然不太明白影片說了些什麼，心裏倒還是有些剩餘的衝動……

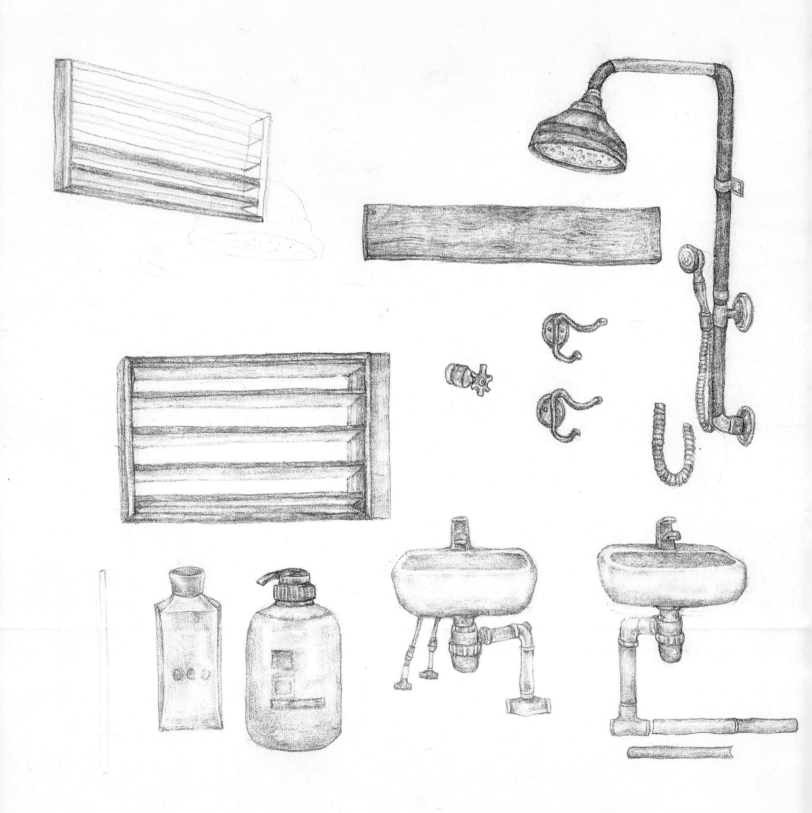

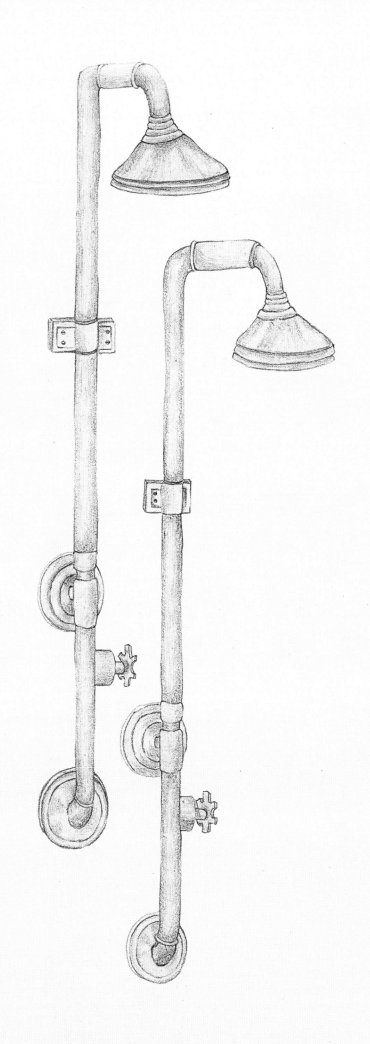

(淋浴間) ②

左牆下小階 磨石磁磚.

天花板 瓷磚.

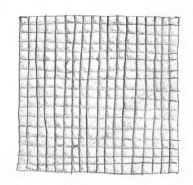

蓮篷頭

掛勾.

燈

排水孔 (不一定對齊磁磚切口)

or

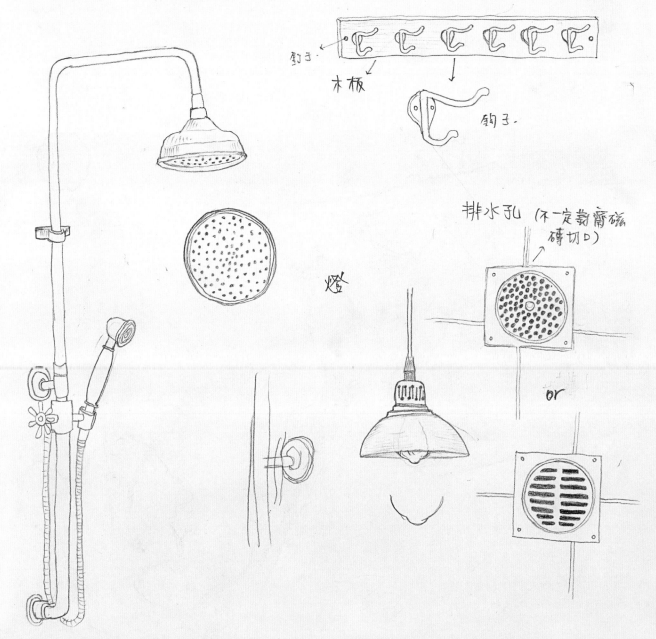

牆壁邊條

洗手台

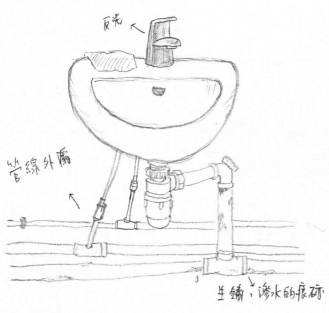

反光

管線外屬

生鏽、滲水的痕跡

牆壁白磁磚

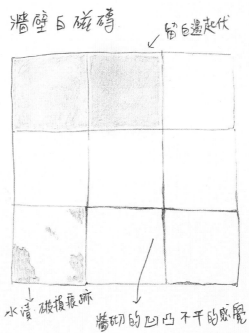

留白邊起伏

水漬．破損痕跡

牆磚的凹凸不平的感覺

地板磁磚

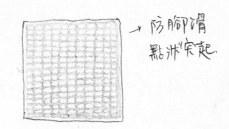

防腳滑
點狀突起.

鏡台.

固定釘.

水漬斑.

盥洗用具

鐵架條.

管線接法.

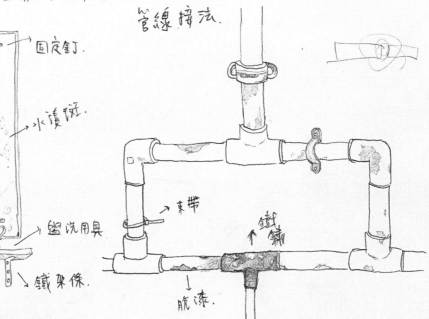

束帶

鐵鏽

脫漆.

再繪逝水年華

史東夫人羅馬的春天公寓就在西班牙樓梯側跟。上世紀的五十年代。

夫人應該住在頂樓單位尚且附帶一個空中花園,方便二十出頭的華倫比提可以裸着上身盡情享受日光浴。然而西班牙樓梯台階下,又有位衣衫襤褸營養不良的年輕人,不時跟蹤着夫人,也想登上這羅馬的天台。影片完結時,那受盡華倫比提惡言污辱的費雯麗,將公寓的鑰匙包在手絹中,狠心地往樓梯台階下一扔。不知是否因為《三月杜鵑紅》這部電影,只要一來到羅馬的西班牙樓梯,看到衣着氣質特殊的俊男,總會產生一種不正經的想法,牽涉到一些靈慾上的買賣。尤其是來到二百年老店的 Café Greco,這種感覺更加濃厚。

去年初冬臨時又有羅馬之行。朋友介紹住在西班牙樓梯附近的 via Maguta 的一間小旅館,說是費里尼住過的街道。不是旺季又再對折下來的價錢,居然比聖誕佳節東京銀座帝國飯店還貴。酒店座落在一幢十九世紀建築的四樓,用的還是古老的機械升降梯,這改建的旅館往日必定氣派豪華,一層十來個房間佔地起碼也有五六千呎。三樓五樓同樣也改營小型旅館,服務員多半來自東歐,可想而知羅馬往日的富裕今日的頹敗。

飛機到達羅馬是清晨六時許。來到了旅館也只不過七點半,要到下午一點正才交房,這多出來的六七個小時總也不能在寒冷的街道上到處遊蕩。忽然異想天開買了張壹日通車票,胡亂乘上巴士看個並非期待

的羅馬，可能也有意外的收穫。於是過了人民廣場到了 Viale del Muro Torto，既有電車又有巴士，南北東西任君選擇，反正是冒險之旅，就隨便選了一個號碼上車。

巴士穿過美麗的布佳斯公園，驚鴻一瞥路過藏有敵國之富的美術館，寥寥數位晨運客與汽車對閃而過，不知不覺就已經離開了羅馬露滴牡丹開的 Via Veneto。打量一下車內的乘客，都穿着厚重的冬裝，並無一日之計在於晨的那種感覺。車子經過了許多大街小巷，那是遊客們絕對不會來到的地方，上下車的乘客也會近距離的坐在你眼前，讓你看清楚這個古城中住的都是些怎樣的人。看他們的膚色，聽他們的言行，拉丁民族混雜着東歐北非中亞各路，正式或非法的移民都擠在這車中。也可能是還沒睡醒的緣故，每個人的臉上都有一種不信任的表情。

不知是否自己乘搭的那部巴士就是全球化的一個小縮影，大家擠在混濁的空間，不言不語，也可能各懷鬼胎，説不定其中那位穿着黑色衣服留着鬍子的壯漢，褲袋裏還藏着一把手槍呢！這部巴士的感覺怎麼和影片中蘇菲亞羅蘭和馬斯杜安尼乘搭的羅馬巴士那般不一樣？

肚裏的牢騷還沒發完，一轉眼已到了某個公墓園地。好奇下車進門一看，或許會像巴黎的 Père Lachaise Cemetery 或是北京的八寶山，可是一望那無際的碑林，知道這不是觀光的時刻。馬上又趕搭下一班的公車。

路是越走越遠越迷惘，一個又一個社區在眼前飛過，車內的乘客從光頭小子變成地獄天使又幻化為吉卜賽浪族十足二十一世紀後費里尼時期電影的場景和人物。這個稱之為全球化 Globalization 的時代可能也是最沒有安全感的時代。

羅馬三千歲，我們又有幾歲？不用帥哥華倫比提開口，我們都知道自己

在時間巨輪上的微不足道。但是在這變換過程的當兒，可否留給大家一點面子和尊嚴，畢竟不是每個人的下場都像史東夫人。

離開羅馬的那個清晨，想回西班牙樓梯再看一眼，畢竟這是自己啟蒙電影的一個重要場景，一條通往頹廢與墮落的天梯。走在數百年的青石 Via Matuga 路上，忽然看見一道拱門，寬闊的石梯吸引你想上去看個究竟。那究竟真是個世外桃源。沒想到鬧市中會有如此美妙的庭園，初冬的季節還開放着各色的花草，庭園四週的明窗淨几之後，又住的都是些什麼神仙人物？遠處走來一對俊男美女，一定是電影明星，但是卻叫不出姓名，因為電影在義大利已經沒落。

迷幻地走出這院子，却望見一張地產廣告：罕有物業出售，兩房一廳。畢竟這是費里尼住過的街道。

2015 夢迴露滴牡丹開

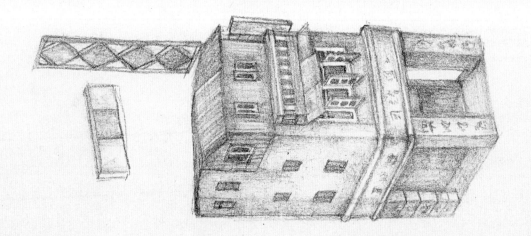

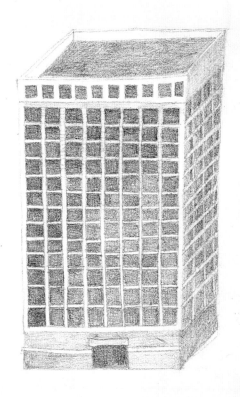

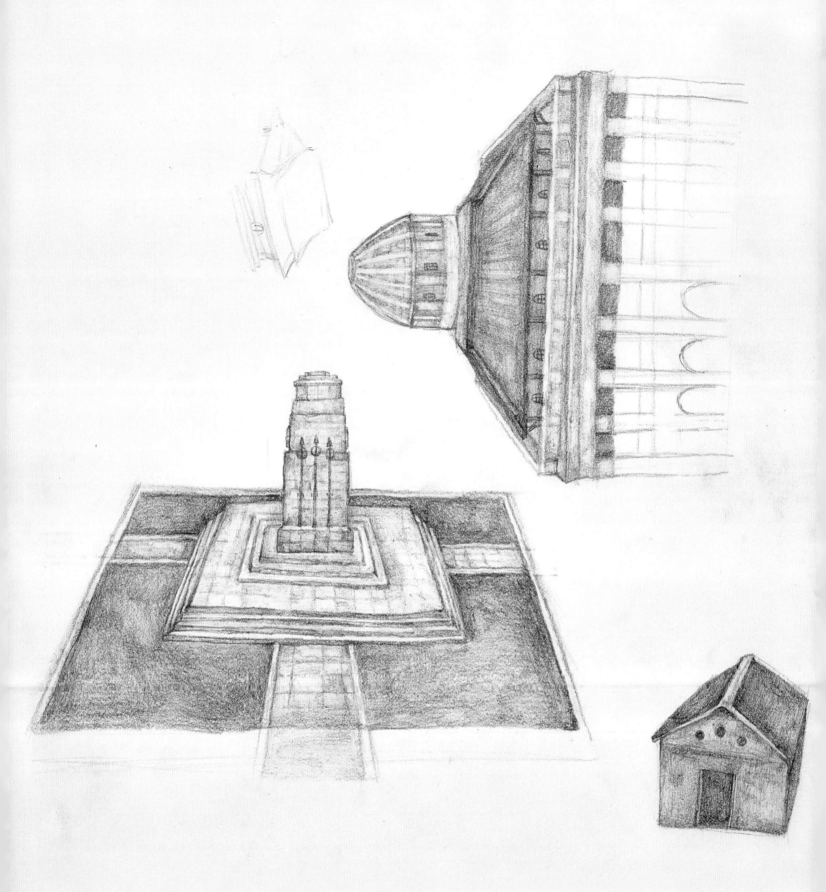

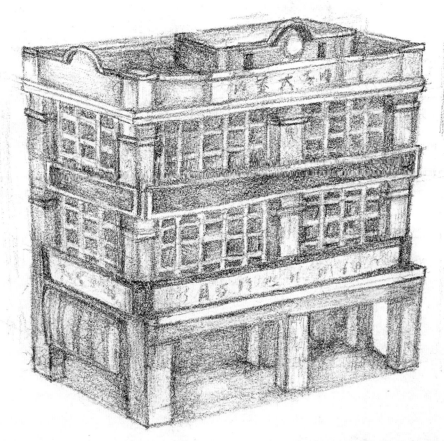

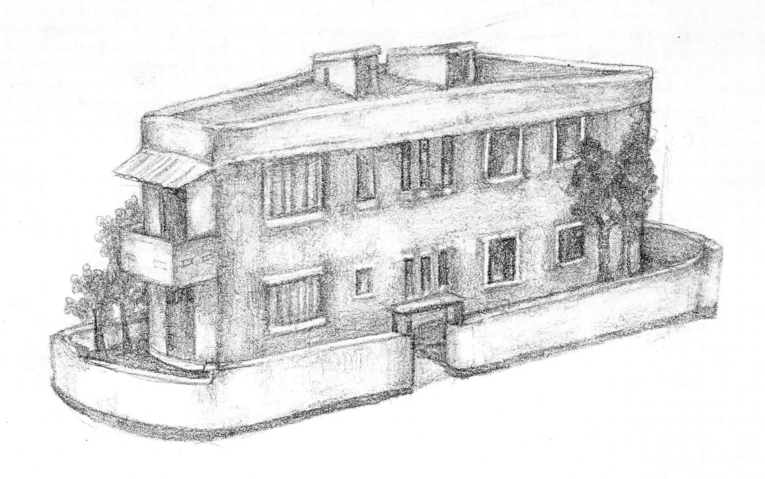

U07

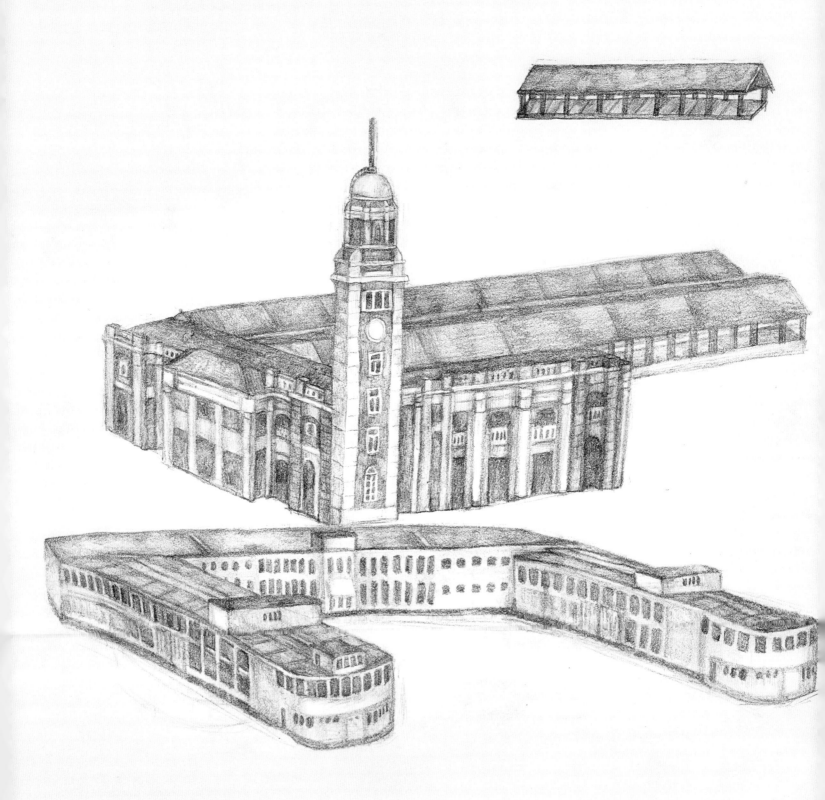

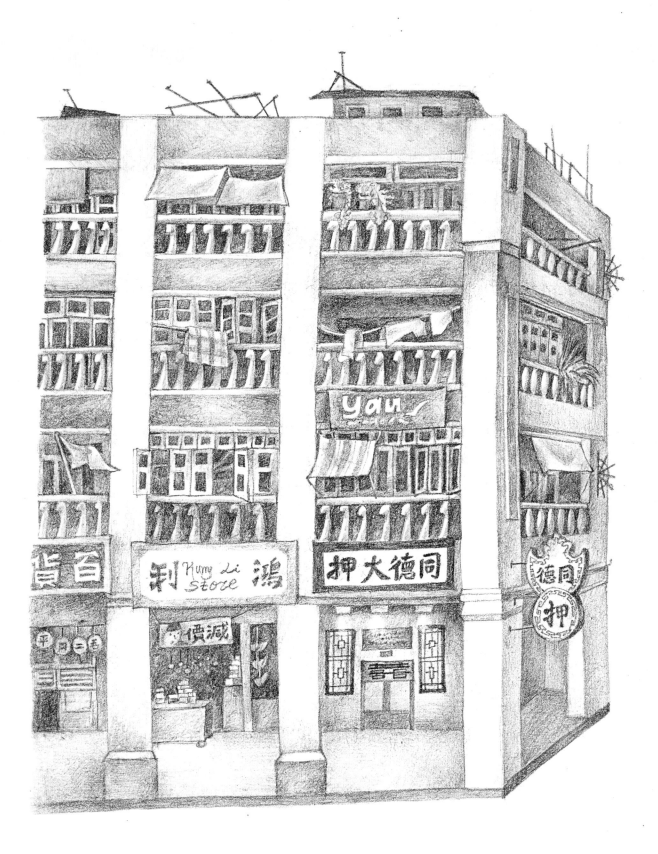

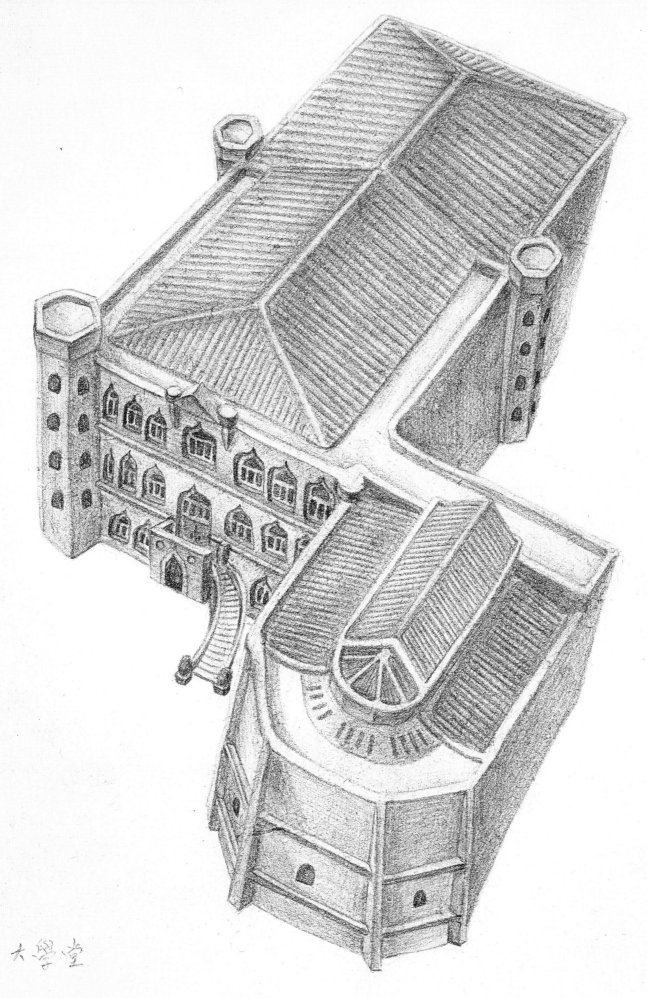

大學堂

Dillen 2017. 5. 9.

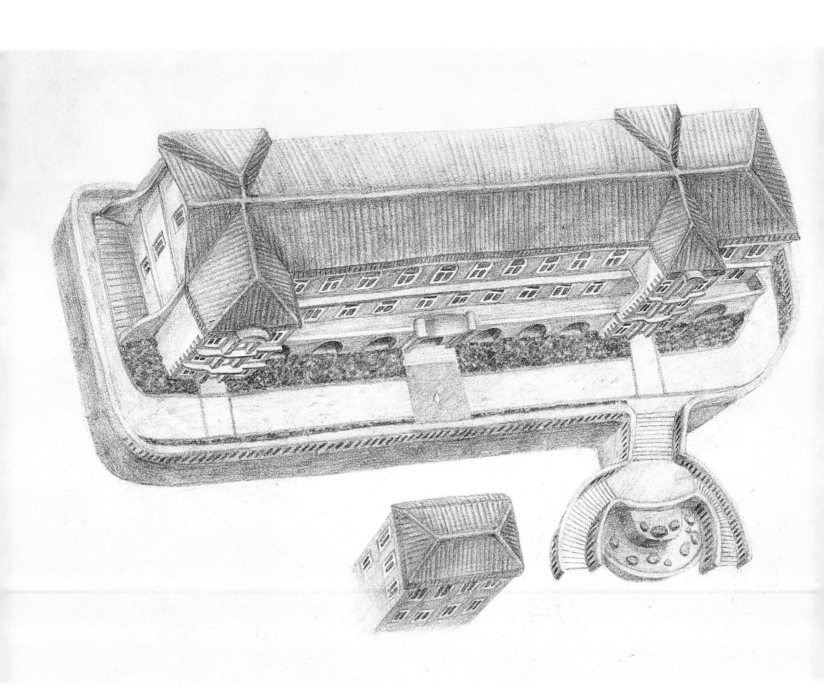

郵政總局　亨宇 2017. 2. 28

每當想起《2046》，閉上眼簾，就會看到那個銀幕上眼球瞳孔似的物體。超大超震撼更超現實。前座觀眾馬上傳來一句「那是什麼？」鏡頭慢慢拉開，原來真是一個望着我們這些沒耐性觀眾的大眼球，襯托着您硬說也還有那麼一丁點巴洛克的音樂。再看清楚，原來是個洞。

《花樣年華》的結局，梁朝偉在吳哥窟的某株百年老樹幹，找了一個窟窿，對着它，說盡了不可告人的心事，再用泥土填補了那個洞。《2046》裏，未來世界中的木村拓哉，不斷在火車上自說自話重複「洞與秘密」的故事。不知是否秘密也會隨着時間長大，還是隱藏心事的人太多，上世紀的那個小洞，到了《2046》居然長大變成巨無霸的 IMAX 版本超現實瞳孔。

於是銀幕上出現六十年代王菲高跟鞋踱步的大特寫，畫外音知道她在努力學日本語。於是銀幕上又出現未來世界機械人王菲螢光燈前高跟鞋的大特寫，這位機械服務員與別不同，有時遇上衰退期就特別遲鈍，想笑的時候，要好幾個小時才笑得出。想哭的時候，眼淚要等到明天才會流。

過客與服務員終於在梁朝偉的小說《2047》相遇。

在芸芸眾多的女機械服務員中，木村拓哉最初只有告訴王菲一個人「洞與秘密」的故事。於是王菲將拇指與食指扣合起來，不就是一個洞孔？木村試嘗靠近洞口訴說他的秘密，看似遲鈍的機械人就會將手移開，

木村卻不放棄，嘟起嘴唇跟那圓圈轉動，於是王菲的手像慢鏡頭般左右上下挪移，最後那圓圈到了自己的唇邊，一個最恰當的接吻位置……銀幕上少見的挑逗。木村在不知不覺之中愛上了機械人的王菲，但是王菲的反應非常緩慢，似有若無。於是木村心急地向其他機械小姐甲乙丙丁甚至那位車長老先生王琛訴說同樣話語：我要告訴你個秘密，你會不會跟我走。在不同的反應中，木村悟出：那個機械人對你沒有反應，未必是因為她遲鈍，可能是她根本不喜歡你，也可能她的心另有所屬。於是在 2046 的列車上，木村難過的哭了。

拍電影與寫文章一樣，許多佳句或許都有些少引經據典。但是王導這場未來世界的「洞與秘密」，原諒標準影迷孤陋寡聞，說是前所未見，獨領風騷，絕不異曲同工。

猶似南音王后徐柳仙名曲：情淚種情花。

世間事有始必有終，電影人尤其。通常拍片有張工作表，將日程場景人物詳細列出，開鏡後就日復一日在表上消劃，日復一日等待殺青，這個做法與想法只是把拍電影當工作，早日完成是上策。但是王家衛別有不同，恍似一位癡心的戀愛人，把電影當作感情糾紛，開始了就不想結束，要玩不要完。

意念開始的六十年代就是香港美麗時光的代表。當時得令的明星個個非但爭妍鬥艷演繹方面更創個人巔峰，美術攝影更是千錘百鍊不惜工本，音樂效果確也萬分令人迷醉。製作特輯中最能看到血與汗：章子怡梳頭化妝動輒就是六小時，張曼玉梁朝偉坐在出租車中，封馬路加綠背景，三百六十度的車軌攝影，不到天明不收工，熒幕上也只不過出現一分鐘左右，那更別說鞏俐王菲木村在感情培養上的付出。

其實王家衛有若畫家，一直專注練習他歡喜的筆觸，或許不像李翰祥那

樣百般皆通，卻一心詮釋似水流年美好時光的香港六十年代。有些人物刻意重疊，有些對白可能重複，有些情節也似曾相識，這些都不為過。猶如畫壇一代宗師張大千，曾繪製過百千件筆觸雷同的墨荷，反而越見精彩。於是個人認為，在王導的三又三分之一緬懷六十年代的影片中，《2046》可算是他終極的 masterpiece。

假如用作家的角度來看，這本小說（不是影片中梁朝偉寫的《2047》），看似天馬行空，實則結構嚴謹。人物個性亦算前後貫串，情節可屬情理之中意料之外。然而其中最大成就並非由華詞美藻營造出之詩情畫意，而是作者筆下那種半是而非的年代感。王導此書一出，古今難再。

一部本來您幾乎要看懂的影片，經標準影迷如此繁複闡釋，讓您又走回電影開始「那是什麼？」的大眼睛。那 IMAX 版本的瞳孔，在完結時居然以黑白姿態回歸，更帶來梁朝偉說出作者的心聲。

什麼心聲？

2014 重溫 2046

一九六六七的初夏

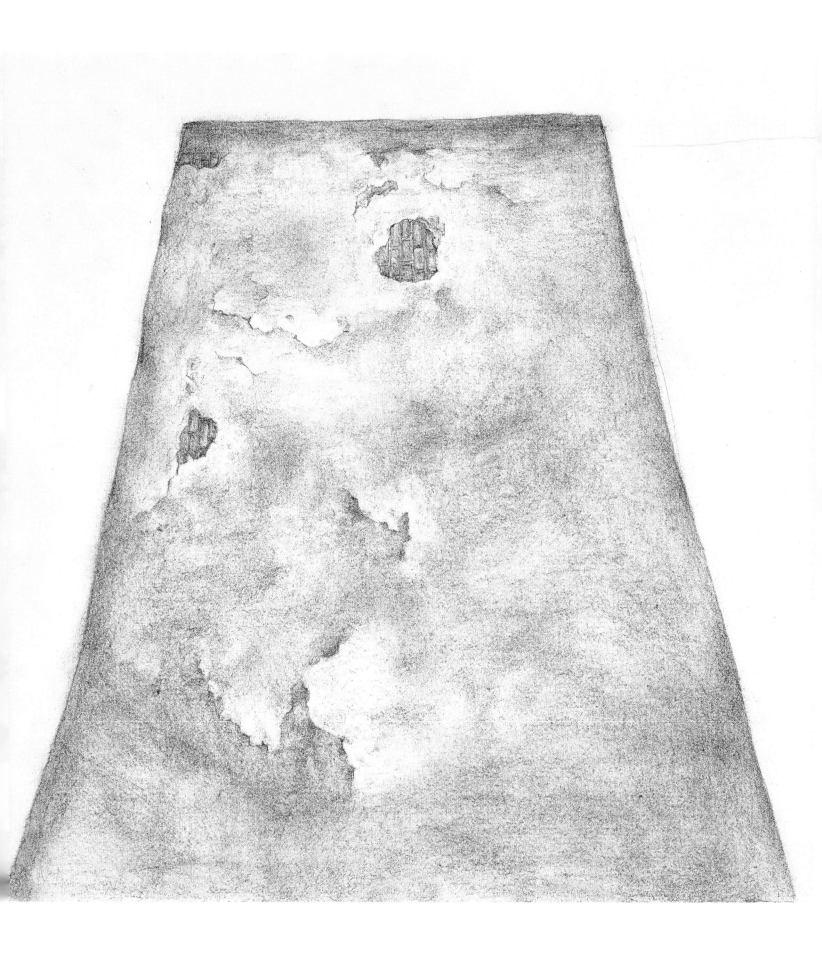

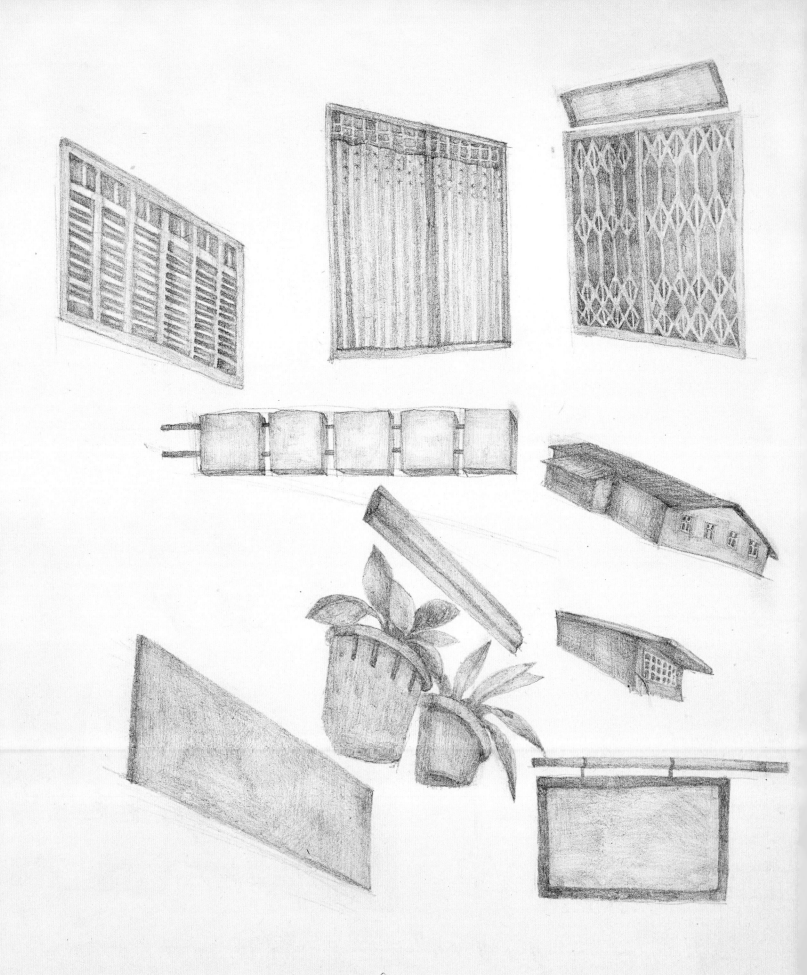

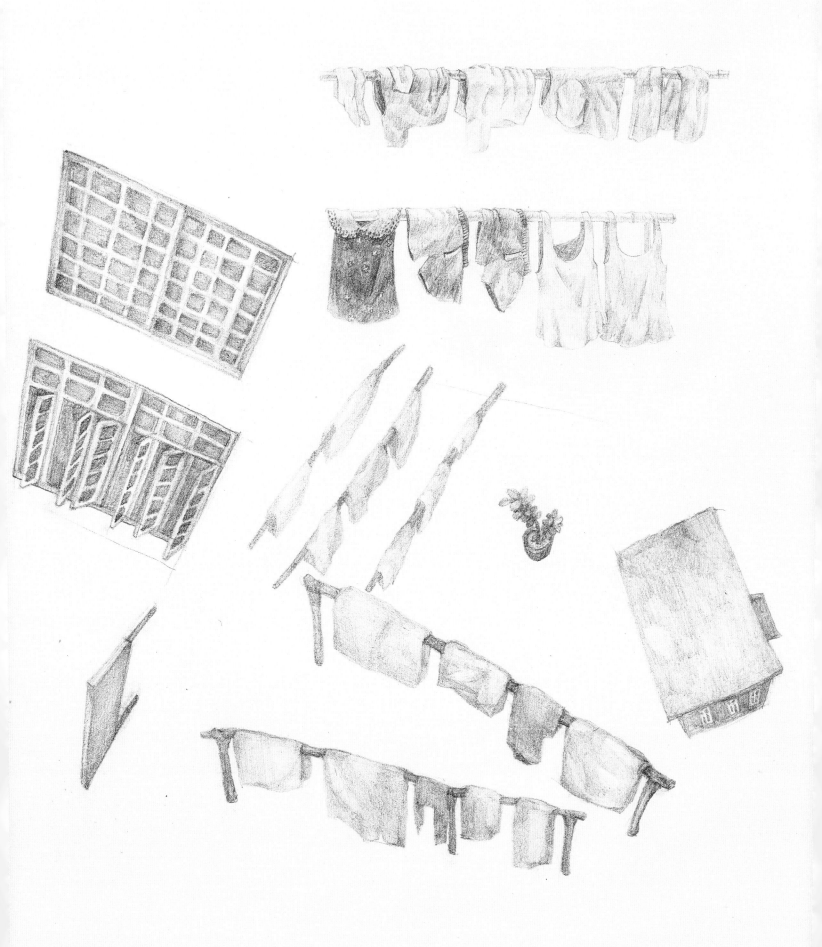

愛人
如己

造反 愛国
有理 无罪

MeiLingWalk BG²
海報.標語
靜宜 0510

港九爱国　同胞大团　結

辱

抗議

港英必敗
我们必勝！

抗议

抗议书

抗议书
————

抗議書

港英必敗
我们必勝!

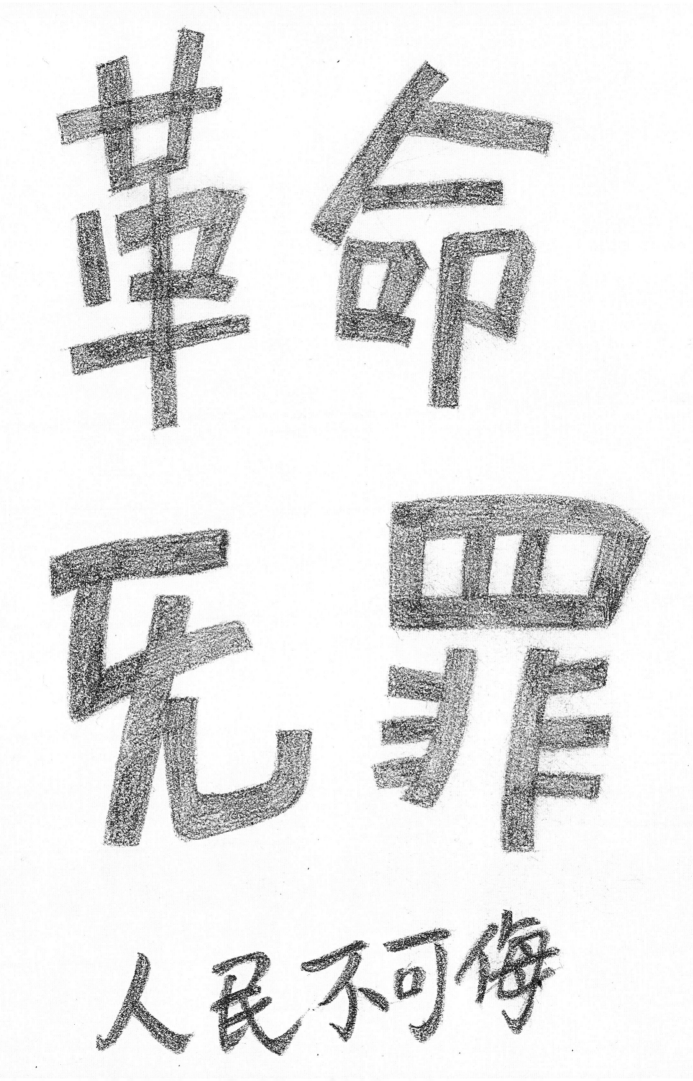

革命無罪

人民不可侮

抗议载辚

抗议书

燒毀的車

靜宜

0517

ER

香港總督府大
靜宜 0515

香港總督府&花園
靜宜 0517

每個去「2046」的人都只有一個目的，就是找回失去的記憶。因為在那裏，一切都不會改變。沒有人知道這是不是真的。因為去過的人，沒有一個回來過。

後 記

這真是一本很自由隨意的畫冊。

一張張畫在宣紙上的鉛筆素描，街招建築花草樹木，懶洋洋沒有任何規矩地束歪西倒躺在那裡。沒有任何的註釋，除了斷續配上自己懷舊的文字，尋找一個有音韻的節奏，表達自己對那個成長年代的緬懷，對香港永遠不變的情懷。

這應該是一個帶有異國風情的嘗試，六十年代殖民地時期的香港。在不屬於那個年代的年輕人，不熟悉那個地方的異鄉人，筆觸之下又會有些如何的感覺？不要有透視，不能有直線，拿出參考的古舊照片，說是不能畫的太像，也不能不像，太像就是翻版，假古董；不像，那就不用借題發揮香港一九六七。真難。

絕對沒有想到年輕人是那樣的細心，那樣的有想像。六七十位來自北京台北的動畫工作人員，從二〇一五到二〇一九的五年中，在主筆張鋼和謝文明的領導下，居然勾劃出我曾經生活過的那個逝水年華。香港的花草樹木，南北巷的街景招牌，已經消逝的美好建築，希爾頓酒店、郵政總局、殖民地第一俱樂部香港會所、九龍火車站、天星碼頭等等又等等，還有碩果僅存的地標香港大學堂、和平紀念碑、皇都戲院等等又等等，那時候的香港街頭巷尾，茶餐廳的點點滴滴，繼園臺上海名伶和台灣新移民的家居陳設……或許會批評不夠道地不夠本土，但是那確實是我生活過的年代。隨着年代的變化，自圓其說地加了「後現代」三個字。

年輕人開始工作的時候，也沒想到將來會有這樣的一本畫冊出版，只是一心一意的在宣紙上留下他們的心血。看見他們的投入，吩咐他們在原稿上寫上自己的名字。有些

聽話，有的謙虛，但是在工作人員的名單上，要看到要找到的，都在。說的也巧，當初每張圖片的尺寸，就和現在的開本相若。除了極少數，基本都是原圖複製。

身為二十一世紀的動畫，雖然美其名手繪 2D，當然還是少不了電腦的渲染。這部影片的人物動態是先做了 3D，然後再手繪成 2D，箇中繁瑣自不在話下，但是應該不在這本書的討論範圍之內。

基本上這是一部完全的手繪動畫。由於沒有電腦透視，只要鏡頭轉變，背景的陳設和道具都需要重新繪製。譬如說一張藤椅在同一場景中出現過十次不同角度，畫師就必須畫十個不同角度的畫稿，如此類推，就積壓了數千張大大小小的宣紙原稿。由於這是一部要有立體感的電影，幾乎每一顆鏡頭都有攝影機的推動，於是就需要動畫「分層位移」的效果。也就是背景需要分開繪製，鏡頭往前推動，背景也會一層一層的拉開，整顆鏡頭也就有了立體感覺。假如你有留意皇都戲院放映的懷舊電影《金屋淚》，那曼徹斯特山頂的月光，鏡頭慢慢推動，草木樹影以及山腳下的房屋，都會一層一層地拉開。雖然是 2D 的手繪，但是卻有 3D 的感覺。不留意，就只是一顆普通的夜景鏡頭，但是功夫都在那裏。很多時候，工作團隊的滿足感可能只有自己知道。很多時候，藝術的感覺就是為了自己，不是嗎？

《繼園臺七號》本應就是一個夢，是一個不懂動畫，不看動畫，卻終身迷戀電影的一個標準影迷夢。但是他接受過中國美術史上石濤八大齊白石傅抱石張大千的資助，不斷沉迷，從未放棄，百折不撓，終於成就了這部影片。

在這裏，衷心地向曾經資助我的大師們，深深地夢裏一鞠躬。

2020.5.28 寫於香江

工作人員

出品人 趙之璧 編劇導演 楊凡 動畫總監 張鋼 動畫導演 張鋼 謝文明 監製 姚奇偉 王川 楊世英 聯合監製 王為傑 利雅博 Alain Vannier 製作總監 榮佳琛 藝術總監 馬明 對白總監 王蕙君 美術 楊凡 場景人物造型 謝文明 張鋼 音樂 于逸堯 楊凡 Chapavich Temnitikul 音響設計 石俊健 主題曲《南十字星》BOYoung 剪接 王海霞 合成監製 電腦後期 梁藝凡 作畫監製 黃耀文 動畫總監 電腦圖像 譚曉樂 造型總監 電腦圖像 梁軍凱 聲音主演 蔣雯麗（黃衣女郎）Tiger Wong（書呆子）許鞍華（抽煙的扒手）胡燕妮 焦姣（時裝女郎）田壯壯（阿國）章小蕙（妙玉）張孝全（採花大盜）姚煒（梅太太）Natalia Duplessis（西蒙女士）吳彥祖（路易男爵）馮德倫（Steven）潘迪華（林太太）曾江（警察）林珊珊（小童甲、革命女性）何嘉麗（小童乙、浴室肥仔）陳果（紅貓香煙）葉蘊儀 章小蕙（梅太太的貓）趙薇（美玲）林德信（子明）張艾嘉（虞太太）前期製作 總監 賴俊英 聯合總監 黃鴻端 胡靖 製片 古書榕 製片助理 高佳妍 吳沛容 王顥燁 前期美術 楊凡 謝文明 朱晉明 陳秋苓 馮文俊 前期剪輯 楊凡 謝文明 李逸鋒 分鏡設計 謝文明 柯貞年 朱晉明 林仕杰 郭尚興 簡士閎 角色設計 謝文明 楊秀蘭 李儒鴻 許楚妘 周建安 黃煒柏 背景設計 朱晉明 林以婷 陳秋苓 陳亭宇 李宜庭 周建安 林東勇 許楚妘 吳羽柔 羅晨心 林靜宜 林劭娟 蘇玲玉 戴江 林虹哼 動態腳本 陳又瑀 蕭宇晴 李儒鴻 廖泓為 動態測試 林軒榆 莊禾 黃子芸 鄭信昌 實拍工作隊 執行導演 柯貞年 助理導演 林仕杰 副導 許介亭 製片 (梅太太) 賴俊亘 古朝瀚 製片助理 蔡欣昀 攝影 陳克勤 攝影助理 高子皓 黃得祐 美術 陳穎寬 美術助理 胡佳華 造型師 李怡穎 網球教練 莊詠翔 實拍組演員 子明（傅孟柏）虞太太（蔡俏玲）書呆子（石知田）Susan（李喬昕）Steven（黃柏瑋）美玲朋友（林品君 胡珮甄 蔡佳彤）高中生（賴韋先）中期製作 北京青青樹動畫公司 製片 許麗麗 商務製片 劉雅 行政主管 苗佳 法務 劉艷玲 技術支援 王科 動畫原畫製作 高芳 楊娜 李國歡 吳世傑 劉業雲 黎勇強 胡婉如 夏繼煒 馮兵恆 何莉 動畫原畫製作助理 李娜 徐錦馨 黃佳佳 武媚 吳葉穎 陽嵐 動畫監督 李娜 動畫製作 李娜 黃佳佳 徐錦馨 常婉麗 武媚 吳葉穎 唐芷晴 陶瑩瑄 陽嵐 徐維亨 陳乃銓 陳奕 譚樹森 雷智清 陳澤江 劉新 劉琳 楊歡歡 丁亦楠 紀英姿 郭晨婧 李盟 桂雲澤 彭彭 吳越 周堯董 陳華 邱心畑 張蘇婷 彭城 陳明濤 薛夢青 湯淩軒 謝慶棟 原欣 藍宵然 陸小玲 方安華 莫元鴻 黃莉 趙曉華 程思思 王立 張超君 易龍 戴小雨 楊小翠 劉泉 趙瑩萍 上色製作 武冉 徐錦馨 常婉麗 王海霞 武媚 吳葉穎 唐芷晴 陶瑩瑄 陽嵐 韓雅靜 宋爽 李易衡 劉爽 吳蒙王 光華 黃柯榮 高悅 王子浩 陳法軒 魏然 張楠 池磊 丁常璽 祝岩 劉彤 田晨卉 王迪 塗梓豪 陳瑩 張曉雪 薛夢青 彭城 陳明濤 湯淩軒 謝慶棟 原欣 藍宵然 陸小玲 方安華 莫元鴻 滿勁夫 李婉 李袁 李宇 謝雄 王鴻成 郭塞塞 汪文 電腦圖像初稿製作 付賀 劉雷 洪傑 電腦圖像模型製作 梁軍凱 鄧妍 電腦圖像材質貼圖 王海霞 楊薇 關遷 盧晶濤 電腦圖像綁定 閆城昊 張鵬飛 電腦圖像動畫 楊旭 郝蓬萊 姚星宇 付賀 程志 電腦圖像材質貼圖 楊薇 王開開 王歡 石超群 鄭磊 電腦圖像渲染 關遷 康文瑄 楊薇 曹霖 崔一鳴 王悅 後期合成 潘聲帝 楊春風 呂燕 楊旭 向菊玲 郭文躍 合成助理 韓雅靜 王潔 崔一鳴 王悅 鄭佳 背景監製 許強 背景 向菊玲 武冉 劉曉莉 曹佳 趙倩 尹向陸 背景助理 邢濤 劉丹豐 版畫製作 馬赫 對白錄音實拍 李逸峰 秦天 余孝揚 後期

音效製作中心 邵氏影城 音效總監 黃家禧 音響設計 石俊健 混錄／混音 石俊健 粵語對白收音及配音剪輯 陳頌恩 范中美 葉德鴻 效果剪接 石俊健 葉德鴻 王博維 配音效果及動效剪接 葉德鴻 范中美 陳頌恩 Dolby Surround 7.1 MBS Studios Limited 對白監製 曾鈺儀 對白錄音 李振中 楊偉強 馮勝恒 對白剪接 李振中 製作經理 張敏儀 製作監製 陳樂敏 DCP 製作 One Cool Production Ltd 音樂 香港 音樂統籌及管弦樂監製 孔奕佳 琵琶 于逸堯 敲擊 Chris Polanco 鋼琴 孔奕佳 合唱 香港音樂劇學院 梁路安 鄭劻俊 黃嘉浚 李嘉倫 盧慧敏 劉卓盈 佘悅庭 黎楚琳 泰國 製片 Donsaron Kovitvanitcha 音樂 Phasura Chanvititkul Kijjasak Kijjaz Triyanond 弦樂編曲 Phasura Chanvititkul /Bill Piyatut H 錄音助理 PhasuraChanvititkul Bill Piyatut H 鋼琴 Teerapol Liu 小提琴 Chitipat Darapong Chot Buasuwan 中提琴 Atjayut Sangkasem 大提琴 Vannophat Kaployke 低音提琴 Pongsathorn Surapab 雙簧管 Nuttha Kuankajorn 單簧管 Yos Vaneesorn 色士風 Kijjasak Kijjaz Triyanond 敲擊 Sittan Chananop 捷克 The City of Prague Philharmonic Orchestra 指揮 Richard Hein 翻譯 Stana Vomacková 音響 Vitek Kral 錄音 Smecky Music Studio 演奏 Bařinka Tomáš Bašusová Michaela Bláhová Alžběta Černý Miloš Drančáková Šárka Elznic Marek Görlich Ivo Midori Hein Richard Houdek Petr Hrda Pavel Hronková EvaChomča Boris Jelinková Dana Josifko Tomáš Kaňka Libor Kušovský Jan Lajčik Milan Lundáková Anna Makovička Vlastimil Maxová Věra Morisáková Irena Nedomová Eva Novotná Aneta Novotný Miroslav Rada Stanislav Sekyra Martin Vomáčková Stanislava Celková částka 電影主題曲《南十字星》 主唱 齊豫 于佐依 Zoe 楊默函 BOYoung 曲詞 楊默函 BOYoung 溫健騮 楊凡 編曲 NAMEK《流金歲月》主唱 齊豫 作曲 周啟生 填詞 楊凡 鋼琴 屠穎 錄音 魏宏城 混音 王實恆 編曲 孔奕佳 特別贊助 擺渡人 京劇《貴妃醉酒》主唱 馬玉琪 樂師 侯凱遜 (京胡) 周雅男 (鼓師) 李志剛 (二胡) 侯英 (月琴) 張孝義 (中阮)《第二春》主唱 潘迪華 填詞 易文 Lionel Bart 編曲 Vic Cristobal SP Universal Music Limited《Am I That Easy To Forget》主唱 Jim Reeves 曲詞 Belew Carl Stevenson W OP Sony Atv Acuff Rose Music SP Sony Atv Music Publishing(Hong Kong)《Jungle Drums》作曲 Ernesto Lecuona 編曲 Chapavich Temnitikul Phasura Chanvititkul 演奏 City of Prague Philharmonic Orchestra 指揮 Richard Hein Universal Music Publishing Ltd 昆曲《折柳陽關》曲詞 明 湯顯祖 主唱 王芳 趙文林 演出 蘇州昆劇院 由電影《鳳冠情事》提供《玫瑰香》曲 小蟲 OP 八格音樂製作經紀有限公司 SP Universal Ms Publ Ltd Taiwan 配樂混音 Soloan 片尾設計 徐梓竣 片尾設計助理 林敬軒 莫豪程 楊凡助理 余孝揚 法律顧問 梁善儀 英文字幕 陸離 古蒼梧 方保羅 Steven Short 法文字幕 Philippe Koutouzis 意文字幕 Antonella Decandia 鳴謝 黃永玉 鍾文略 董橋 王家衛 陳以靳 彭綺華 俞琤 葛福鴻 邁克 古兆申 Terry Lai & Rigo Jesu 毛碩 林奕華 胡恩威 凌梓維 溫紹倫 陳偉楊 陳偉強 Bobbie Wong 陳果 張艾玲 張艾嘉 趙薇 鮑比達 Nelson Shin(Akon Production Ltd) 南京大小餛飩 Wieland Speck 林冠中 杜篤之 戴維 時一修 黃黑妮 張心印 衣淑凡 陳靄玲 仇國仕 Mychael Danna 李烈 林子祥 葉蒨文 Danny Lai 鍾易理 楊慧蘭 OH Jung Wan 旦匡子 趙式芝 陳勝國 藍采如 陶傑 莊嫂 黃麗玲 Stefan Karrer Sabrina Ardizzoni Léonard Haddad 何靜雯 澤東電影有限公司

特別鳴謝 初心映畫

繼園臺七號　再繪逝水年華

楊凡

www.no7cherrylane.com
www.yonfan.com

責任編輯
　李安
書籍設計
　余孝揚

出版
三聯書店（香港）有限公司
香港北角英皇道 499 號北角工業大廈 20 樓
Joint Publishing (H.K.) Co., Ltd.
20/F., North Point Industrial Building,
499 King's Road, North Point, Hong Kong

香港發行
香港聯合書刊物流有限公司
香港新界大埔汀麗路 36 號 3 字樓

印刷
宏亞印務有限公司
香港柴灣豐業街 8 號宏亞大廈 13 樓

版次
2020 年 7 月香港第一版第一次印刷

規格
特 8 開 （234mm x 286mm） 322 面
國際書號
　ISBN 978-962-04-4679-5

三聯書店
http://jointpublishing.com

JPBooks.Plus
http://jpbooks.plus